Klarant Verlag

Die gebürtige Ostfriesin ***Sina Jorritsma*** aus der Krummhörn studierte in Hamburg Germanistik und Philosophie, bevor sie wieder in ihre Heimat zurückkehrte. Sie veröffentlicht unter Pseudonym, weil sie ihre Umgebung genau beobachtet und Ereignisse aus ihrem Leben in ihre Geschichten einfließen. Das Romaneschreiben ist ihr kleines Geheimnis, das nur wenige Menschen kennen. Bei einer großen Kanne Ostfriesentee mit Sahne und Kluntjes kann sie halbe Nächte durchschreiben, tagsüber hält sie sich mit Joggen fit. Sina Jorritsma lebt mit ihrer Familie in einem kleinen Ort bei Emden.

Sina Jorritsma

Friesenboot

Ostfrieslandkrimi

Klarant Verlag

Klarant Verlag, www.klarant.de – www.ostfrieslandkrimi.de
ISBN: 978-3-96586-872-4
1. Auflage 2023
Umschlagabbildung: Klarant Verlag

Printed in the EU.

Kapitel 1

Kommissarin Mona Sander von der Polizei Borkum war es eigentlich gewöhnt, ihren Kollegen Enno Moll morgens bei Dienstbeginn gemütlich in ihrem gemeinsamen Arbeitszimmer sitzen und Tee trinken zu sehen. Dabei schaute er meist auf die Strandstraße hinaus und ließ seine Gedanken schweifen, bevor er sich seinen Aufgaben widmete. Doch an diesem Tag Ende August schien er bereits aufbrechen zu wollen, noch bevor seine Kollegin eingetreten war.

»Moin!«, grüßte die rotblonde Kriminalistin. »Entweder wurdest du von einer Tarantel gestochen oder wir haben einen neuen Fall.«

»Letzteres«, entgegnete der hünenhafte Ostfriese lächelnd. Er war an Monas lockere Art gewöhnt. Enno fuhr fort: »Am Südstrand liegt ein Ruderboot mit einer Leiche darin. Grietje und Hinderk sind schon vor Ort und sperren ab.«

»Der Tag fängt ja gut an«, murmelte die Kommissarin. Zusammen mit ihrem Kollegen ging sie zu ihrem Dienstwagen ohne Polizeimarkierung, der auf dem Hof hinter der Wache stand. Morgens war es noch etwas frisch, aber laut Wetterbericht versprach es ein heißer Tag mit wolkenlosem Himmel zu werden. Entsprechend fiel die Zivilkleidung der Ermittler aus: Sie trugen Jeans und Bluse beziehungsweise Hemd mit kurzen Ärmeln. Die bis über die Hüften reichenden Textilien verdeckten außerdem ihre Pistolen, die sie mit Clipholster am Gürtel trugen. Mit dem Wagen konnten sie den Teil des Strandes, der »Südbad« genannt wurde, innerhalb von sechs Minuten erreichen.

»Ich bin vor Dienstbeginn noch mit Rufus am Wasser gewesen«, berichtete Mona, »aber da ist mir nichts Verdächtiges aufgefallen. Allerdings habe ich auch nicht auf Boote geachtet.«

»Ihr seid wahrscheinlich am Hundestrand gewesen, und da fängt ja das Südbad eigentlich erst an«, gab der Oberkommissar zurück, »außerdem wissen wir nicht, ob das Boot angetrieben wurde oder es jemand bewusst dort platziert hat, damit der Leichnam gefunden wird.«

»Du hast recht, Enno – wir sollten nicht ermitteln, bevor wir uns wenigstens einen Überblick verschafft haben.«

»Dein Arbeitseifer ist jedenfalls vorbildlich«, gab er augenzwinkernd zurück.

»Doofmann!«, erwiderte sie lachend und knuffte vom Beifahrersitz aus leicht in seinen gewaltigen Bauch. Wenig später parkte Enno das Auto bei der *Heimlichen Liebe* – ein Lokal, das in früheren Zeiten als Militärfunkstation gedient hatte und ein beliebter Treffpunkt für Pärchen gewesen war. Der Streifenwagen ihrer uniformierten Kollegen stand ebenfalls dort. Die Kommissare überquerten die Promenade und stiegen auf einer der Metalltreppen zum Strand hinunter. Einen Steinwurf weit entfernt Richtung Reede erblickten sie Polizeimeisterin Grietje Smit und Polizeimeister Hinderk Ekhoff, die einige Pflöcke in den Sand trieben und dazwischen rot-weißes Flatterband spannten. So sollte verhindert werden, dass sich neugierige Badegäste dem kleinen Boot näherten, das direkt am Spülsaum lag. Ein Paar in den Sechzigern stand ein Stück weit entfernt und beobachtete die Polizisten bei der Arbeit. Grietje winkte den Ermittlern zu: »Da seid ihr ja! Die Herrschaften dort drüben haben den Leichenfund gemeldet – und ich konnte so früh am Morgen schon meinen ersten Fall lösen!«

Mona kannte die flapsige Art der sommersprossigen uniformierten Kollegin. Aber ihre Arbeit nahm Grietje normalerweise sehr ernst. Darum hakte die Kommissarin nach: »Also konntest du schon das Opfer identifizieren und den Mörder finden?«

»Nee, das Tötungsdelikt ist euer Bier. – Ich spreche vom Diebstahl eines Bootes, der gestern zur Anzeige gebracht wurde. Der Besitzer einer Motoryacht namens *Nagpur Lady* vermisste sein Beiboot. Und genau dieser Name prangt am Heck des Kahns, in dem der Tote liegt – Fall gelöst, würde ich meinen.«

»Wann wurde die Diebstahlanzeige aufgegeben, Grietje?«

Die Polizistin antwortete: »Die Kollegen von der Nachtschicht haben sie aufgenommen, gegen ein Uhr morgens. Der Yachtbesitzer hat mit ein paar Freunden wohl ein paar Biere gezischt, und als er zu seinem Kabinenkreuzer zurückkehrte, war das Beiboot futsch. Ich hab die Anzeige zufällig gesehen, als wir vorhin unseren Dienst angetreten haben.«

Während Mona mit Grietje sprach, war Enno bereits auf das Paar zu getreten.

»Habt ihr den Leichnam schon durchsucht?«, wollte die Kommissarin wissen. Ihre Kollegin verzog den Mund und schüttelte den Kopf: »Das dürfte wohl kaum möglich sein.«

Mona wollte sich selbst ein Bild machen. Sie stapfte durch die Brandung auf das Boot zu. Die Bordwände waren sehr niedrig, sodass sie trotz ihrer bescheidenen Körperlänge von eins dreiundsechzig problemlos hineinblicken konnte. Die Leiche war mit einer grauen Kunststoffplane bedeckt worden. Mona hob sie an einem Ende an und begriff, was Grietje gemeint hatte: Der tote Mann war unbekleidet. Eine äußere Verletzung ließ sich auf den ersten Blick nicht feststellen. Die Kommissarin trat wieder zurück und fragte: »Habt ihr einen Arzt angefordert?«

»Klar, wir sind doch keine Anfänger«, gab die Polizeimeisterin kess zurück. »Der Doc müsste bald aufkreuzen.«

»Okay, wir reden später weiter.«

Mit diesen Worten ging Mona zu Enno hinüber, der die Angaben der Zeugen in sein Notizbuch schrieb. Er blickte auf und sagte: »Das ist meine Kollegin, Kommissarin Sander. Frau und Herr Holzbach machen Urlaub auf Borkum und haben den Fund des Boots gemeldet.«

Die Urlauberin wandte sich eifrig an Mona: »Ja, wir gehen gern schon ganz früh zum Strand, wenn es noch kühl ist. Da findet man manchmal uriges Strandgut, Teile von Netzen, einen Schuh oder Ähnliches. Aber ein ganzes Boot haben wir noch nie entdeckt. Wir wollten nachschauen, ob es vielleicht leckgeschlagen wäre, weil es so einfach am Strand lag. Und dann haben wir diesen … diesen Toten gesehen!«

Ihr Ehemann legte den Arm um ihre Schultern und ergänzte: »Natürlich verständigten wir gleich die Polizei.«

»Ich habe ja jetzt Ihre Namen und Ihre Telefonnummer«, sagte Enno, »wir melden uns, falls es weitere Fragen gibt.«

»Eine habe ich jetzt schon«, warf Mona ein, »wann ist Ihnen das Boot aufgefallen?«

»Wir waren gerade erst am Strand angekommen, es muss kurz nach sieben Uhr gewesen sein«, antwortete Holzbach. Nun erschien Dr. Siemers auf der Bildfläche. Der junge glatzköpfige Mediziner hatte sein Auto offenbar auch unweit der *Heimlichen Liebe* geparkt, jedenfalls stapfte er von dem Lokal aus auf die Polizisten zu. Grietje begrüßte ihn und zeigte, wo sich die Leiche befand. Die Zeugen durften sich nun verabschieden und setzten ihren Morgenspaziergang fort. Mona ging allerdings davon aus, dass ihre Stimmung im Eimer war. Zumindest wäre es ihr so gegangen, wenn sie als Urlauberin den Tag mit dem Fund eines Toten hätte beginnen müssen. Enno schien zu ahnen, was in ihr vorging: »Die beiden werden darüber hinwegkommen. Es ist gut, dass sie sich gleich bei uns gemeldet haben.«

»Das finde ich auch. – Hast du schon eine Idee, wie der Mann ums Leben gekommen sein könnte?«

»Lass uns abwarten, was der Arzt sagt, Mona. Mir ist aufgefallen, dass in dem Beiboot keine Riemen lagen. Und einen Außenborder konnte ich ebenfalls nicht entdecken. Wie wurde das Wasserfahrzeug bewegt? Entweder mit Rudern oder einem Motor, würde ich meinen.«

»Der Yachtbesitzer wird uns sagen können, auf welche Art sein Beiboot angetrieben wurde«, warf Mona ein. Enno fuhr fort: »Ich könnte mir vorstellen, dass der Mann schon unbekleidet war, als er ums Leben gebracht wurde – immer vorausgesetzt, er starb nicht an einem Unfall oder eines natürlichen Todes. Jedenfalls wissen wir, wie schwierig es ist, eine Leiche auszuziehen – sogar dann, wenn die Totenstarre noch nicht eingetreten ist.«

»Der Eigentümer der *Nagpur Lady* sollte jedenfalls unser erster Ansprechpartner sein«, meinte die Kommissarin, »vielleicht kann er den Mann im Boot sogar identifizieren.«

Nun kam Dr. Siemers kopfschüttelnd auf die Ermittler zu. Nachdem er sie begrüßt hatte, sagte er: »Ich habe ja schon einige Mordopfer untersuchen müssen, aber dieser Fall ist wirklich irritierend.«

»Wie meinen Sie das?«, hakte Mona nach.

»Sehen Sie selbst.«

Mit diesen Worten führte der Mediziner die Kommissare zu dem Toten zurück, der immer noch im Boot lag. Allerdings hatte Dr. Siemers ihn für die Untersuchung auf die linke Seite gedreht. Und nun sahen auch die Kriminalisten, was den Arzt so erstaunt hatte.

»Die Mordwaffe … ist eine Fahrradspeiche?«

»Richtig, Herr Moll. Ich habe sie in der Wunde steckengelassen, falls sich daran DNA des Täters befindet«, erklärte Dr. Siemers. »Wie Sie sehen, gibt es nur eine Einstichstelle, und zwar an der Wirbelsäule. Die Speiche dürfte fast zur Hälfte in den Oberkörper eingedrungen sein, das Opfer war vermutlich innerhalb weniger Minuten tot. Ich glaube nicht an einen Zufallstreffer. Wer immer diese Tat begangen hat, ist entweder ein Profi oder verfügt über erstklassige anatomische Kenntnisse. Oder beides.«

»Das dürfte den Kreis der Verdächtigen eingrenzen, denn die Anzahl von Berufskillern auf Borkum ist eher überschaubar«, murmelte Mona. Sie hatte eigentlich keinen schlechten Scherz machen wollen, aber mit ihrem Spruch überspielte sie ihre eigene Unsicherheit. Wenn sich wirklich so eine Person auf der Insel befand, musste sie so schnell wie möglich aus dem Verkehr gezogen werden. Enno fragte: »Wann ist der Tod eingetreten?«

»Gestern Abend, wahrscheinlich zwischen zweiundzwanzig Uhr und Mitternacht«, lautete die Antwort des Mediziners. Er stellte einen vorläufigen Totenschein aus und verabschiedete sich. Der Oberkommissar rief einen ortsansässigen Bestatter an, der den Transport des Leichnams aufs Festland organisieren sollte. Mona ließ ihren Blick über den Strand schweifen, der so früh am Morgen noch ziemlich leer war. Es gab nur einige Jogger und Spaziergänger, die sich am Spülsaum entlang bewegten. Natürlich bekamen die Urlauber mit, dass sich hier etwas Ungewöhnliches ereignet haben musste. Aber wenn sie beim Boot stehen bleiben wollten, wurden sie von Polizeimeister Hinderk Ekhoff freundlich, aber bestimmt weggescheucht. Die Kommissarin dachte laut nach: »Wo sind die Kleider des Mordopfers geblieben? Natürlich könnte der Täter sie einfach ins Meer geworfen haben. Aber vielleicht lohnt es sich, die nähere Umgebung abzusuchen.«

»Was schaust du mich so an?«, fragte Grietje, die sich zu den Kommissaren gesellt hatte.

»Du meldest dich also freiwillig?«, erwiderte Mona breit grinsend. »Das ist ja wirklich sehr diensteifrig von dir.«

»Ja, ich brauch mal wieder ein paar Fleißzettelchen«, scherzte die sommersprossige Polizistin und wollte sich Richtung Süddünen in Bewegung setzen.

»Moment noch!«, rief die Kommissarin. »Wie heißt der Yachtbesitzer?«

»Matthias Althoff«, lautete die Antwort. Dann begann Grietje mit der Suche.

»Die Tötungsart bereitet dir Bauchschmerzen«, vermutete Enno und warf seiner Kollegin einen prüfenden Blick zu.

»Dir etwa nicht?«, fragte sie zurück und fuhr fort: »Das war kein spontaner Gewaltausbruch, sondern eiskalt geplanter Mord. Ich bin allerdings nicht sicher, ob der Diebstahl des Beiboots im Zusammenhang mit dem anderen Verbrechen steht. Es könnte auch sein, dass der Mörder das Opfer in das Boot gelegt hat, damit es möglichst bald gefunden wird. So ein einsames Boot an einem leeren Strand ist ja unmöglich zu übersehen.«

Während die Kommissarin sprach, machte sie mit ihrem Smartphone einige Fotos vom Gesicht des Opfers. Er war ein dunkelblonder Mann von schätzungsweise Anfang vierzig gewesen, glattrasiert und auf den ersten Blick ohne besondere Kennzeichen. Seinen Körperbau schätzte Mona als durchschnittlich ein, weder mager noch übergewichtig.

Tätowierungen oder Piercings konnte sie nicht entdecken. Hinderk Ekhoff blieb beim Boot, um auf den Bestatter und dessen Assistenten zu warten. Außerdem mussten später die Kriminaltechniker das Wasserfahrzeug untersuchen. Enno sagte zu dem jungen Polizisten: »Wenn das erledigt ist, kannst du Grietje bei der Suche helfen.«

»Wird gemacht«, erwiderte Hinderk. Mona ergänzte: »Neben dem Toten liegen ein paar Glasscherben im Boot, die müssen eingetütet werden.«

Die Kriminalistin fragte sich, woher diese Splitter stammen konnten – vielleicht von einer Ampulle? War das Opfer betäubt worden, bevor der Täter zugestoßen hatte? Anscheinend war ein dünnwandiges Gefäß im Boot zerbrochen, wobei die meisten Überreste nicht mehr vorhanden waren. Die drei oder vier Bruchstücke reichten jedenfalls nicht aus, um daraus ein Röhrchen oder Trinkglas zusammenzusetzen. Mona würde auf die kriminaltechnische Untersuchung der Gegenstände warten müssen, um ein brauchbares Ergebnis zu bekommen. Sie kehrte zusammen mit ihrem Kollegen zum Auto zurück. Enno startete den Motor und lenkte den Wagen in Richtung Reedestraße. Der Yachthafen befand sich unweit des Fähranlegers, zu dem die lange schnurgerade Straße führte.

»Es muss einen Grund dafür geben, dass der Tote in dem Beiboot zurückgelassen wurde«, vermutete die Kommissarin.

»Der Mord könnte auch spontan erfolgt sein«, gab der Ostfriese zu bedenken, »und dann hat der Täter sein Opfer einfach zurückgelassen.«

»Und es vorher ausgezogen, Enno?«

»Ja, das passt nicht zusammen. – Wir sollten nicht spekulieren. Erinnerst du dich noch an den Fall mit dem als Wikinger verkleideten Opfer, das wir halb verbrannt ebenfalls in einem Boot fanden? Da wären wir anfangs auch nicht auf die richtige Lösung gekommen.«

»Das war eine sehr anstrengende Ermittlung«, erwiderte Mona. Dann legte sie spontan ihre Hand auf Ennos große Rechte, mit der er das Lenkrad hielt: »Damals hätten wir uns beinahe zerstritten, deshalb denke ich ungern daran zurück.«

»Zum Glück ist das ja nicht geschehen«, stellte der Oberkommissar fest und zwinkerte ihr lächelnd zu. Es dauerte nicht lange, bis sie den Yachthafen erreicht hatten. Viele der Boote, die über einen festen Liegeplatz verfügten, waren den Kommissaren bekannt. Die *Nagpur Lady* gehörte nicht dazu, aber der Stegwart konnte ihnen natürlich den

Weg weisen: »Diese Yacht hat vor fünf Tagen am östlichen Pier einen Platz zugewiesen bekommen.«

Er deutete in die Richtung. Die Ermittler bedankten sich und gingen auf den großen weißen Kabinenkreuzer zu, der fast am Ende des Stegs lag. Die Worte *Nagpur Lady* prangten in goldfarbenen Lettern am Bug, darunter befand sich das Bild eines springenden Tigers. Am Heck bemerkte Mona sofort den leeren Davit – auch Bootskran genannt – in dem das Beiboot befestigt gewesen war. Ein hochgewachsener Mann mit grauen Haaren und einem imposanten Schnurrbart kam aus der Kajüte und sprach die Kommissare an: »Moin, wollen Sie zu mir?«

Er betrat die Gangway, kam den beiden entgegen. Mona überlegte, ob er vielleicht einen Besuch an Bord verhindern wollte. Enno sagte: »Moin, ich bin Oberkommissar Moll von der Polizei Borkum. Das ist Kommissarin Sander. Sie sind Herr Matthias Althoff?«

»Ja, der bin ich.«

Mona fand, dass Althoff in seiner weißen Jeans und dem rot-weiß gestreiften T-Shirt wie ein typischer Freizeitkapitän wirkte. Seine gebräunte Haut zeugte davon, dass er offenbar viel Zeit an der frischen Luft verbrachte. Sie sagte: »Wir haben eine gute und eine schlechte Nachricht für Sie: Wir haben Ihr Beiboot sichergestellt, allerdings werden Sie es vorerst nicht zurückbekommen können.«

Althoff hob die Augenbrauen, er wirkte überrascht: »Ach – und warum nicht, wenn ich fragen darf?«

»Das Boot wird momentan noch kriminaltechnisch untersucht, weil wir diesen Mann darin gefunden haben. Er ist tot.«

Mit diesen Worten trat die Kommissarin auf den Yachtbesitzer zu und zeigte ihm ein Foto, das sie von dem Leichnam gemacht hatte. Althoff schüttelte den Kopf: »Das ist ja schrecklich! Aber – diese Person habe ich noch niemals gesehen!«

Kapitel 2

Einen Moment lang herrschte Schweigen, man hörte nur das Kreischen der Möwen, die über den Nordseewellen auf der Suche nach Nahrung schwebten und gelegentlich hinabstießen. Neben diesen ziemlich schrillen Geräuschen vernahm man auch das eher beruhigend wirkende Glucksen des Wassers im Hafenbecken zwischen dem Pier und den Schiffsrümpfen.

»Wer gehört noch zu Ihrer Besatzung?«, wollte Enno wissen.

»Ich reise momentan mit meiner Frau Sophie, meiner Tochter Kea und meinem Schwiegersohn Lennard Beck«, antwortete Althoff. »Wir sind ein eingespieltes Team und haben mit der betagten *Nagpur Lady* schon so manchen schönen Törn unternommen.«

Auch Mona hatte schon bemerkt, dass es sich bei dem Kabinenkreuzer keineswegs um eine neue Yacht handelte. Nach ihrer Schätzung musste das Wasserfahrzeug mindestens siebzig oder achtzig Jahre auf dem Buckel haben – ein echter Oldtimer. Ihr fiel momentan etwas ganz anderes auf: Althoff sprach ziemlich laut, obwohl die Kommissare direkt vor ihm standen. Tat er dies, weil er selbst schlecht hörte, weil es seine Gewohnheit war – oder weil er die Personen an Bord der Yacht vorwarnen wollte?

»Wir möchten an Bord kommen und mit Ihrer Familie reden«, sagte Enno, »es wäre möglich, dass einer Ihrer Angehörigen den Mann schon einmal gesehen hat.«

»Ja, selbstverständlich. – Kommen Sie nur. Es passiert nicht oft, dass wir Polizeibesuch empfangen dürfen!«, trompetete Althoff. Mona runzelte die Stirn. Kam es ihr nur so vor oder hatte der Yachtbesitzer seine Lautstärke noch etwas hochgeschraubt? Auf jeden Fall hatten die Menschen an Bord nun die Gelegenheit, schnell Hinweise auf illegale Tätigkeiten verschwinden zu lassen. *Oder leide ich schon an Verfolgungswahn?,* fragte sich die Ermittlerin. Sie führte sich vor Augen, dass Althoff bisher nur ein Verbrechensopfer war und den Diebstahl seines Beiboots ordnungsgemäß angezeigt hatte.

Und wenn es nun gar nicht entwendet wurde? Mona behielt diese Überlegung im Hinterkopf, während sie zusammen mit ihrem Kollegen die Gangway betrat und wenig später auf dem Achterdeck stand. Althoff ging voran und führte seine Gäste in die Kabine hinab. Enno musste sich gewaltig bücken, um sich nicht an dem niedrigen Türsturz den Kopf zu stoßen. Unter Deck sah es nach Meinung der Kommissarin sehr exotisch aus. Die Wände waren mit Holz verkleidet, und es gab mehrere geschnitzte Darstellungen von indischen Göttern. Gerahmte Fotografien an den Wänden zeigten außerdem ernste Damen und Herren mit Tropenhelmen vor dem Hintergrund exotischer Tempelanlagen und Palmen. Die Möbel wirkten auf liebenswürdige Weise altmodisch, es handelte sich entweder um Originale oder um geschickt gemachte Nachbauten. Die Familienmitglieder hatten sich um den im Boden verschraubten Tisch versammelt. Sie erhoben sich, als der Yachtbesitzer mit den Kommissaren in die Kabine trat. Althoff machte Mona und Enno mit seinen Angehörigen bekannt. Seine Gattin war nach Schätzung der Kommissarin etwas jünger als er. Die Familienähnlichkeit zwischen ihr und der gemeinsamen Tochter Kea war nicht zu übersehen: Beide Frauen hatten blondes Haar und maßen mindestens eins siebenundsiebzig. Wegen ihrer schlanken Figur wirkten sie sogar noch größer. Der Schwiegersohn Lennard Beck war etwas kleiner als seine Frau. Sein Körperbau war eher stämmig. Er trug einen kurz geschnittenen Vollbart, der ebenso dunkelbraun war wie sein Haupthaar. Ihre Garderobe konnte man als lässigen Freizeitlook bezeichnen. Nachdem die Ermittler am Tisch Platz genommen hatten, erklärte Enno: »In dem vermissten Beiboot wurde eine männliche Leiche gefunden. Hat jemand von Ihnen die Person schon einmal gesehen?«

Mona zeigte die Fotos, die sie von dem Toten gemacht hatte. Auf den Bildern konnte man nur seinen Kopf sehen – es wurde nicht deutlich, dass er unbekleidet gewesen war. Sophie und Kea schüttelten ihre Köpfe, aber Beck sagte: »Der Mann kommt mir bekannt vor. Ich habe ihn gestern ein oder zwei Mal hier am Yachthafen gesehen. Er grüßte freundlich. Ich hielt ihn für einen anderen Wassersportler.«

»Also haben Sie mit ihm gesprochen?«

»So würde ich das nicht nennen, Frau Sander. Er sagte *Moin*, als er mir entgegenkam – und ich erwiderte den Gruß. Wir waren schon öfter in Ostfriesland unterwegs und wissen, dass man auch Fremde hier jederzeit mit *Moin* anredet.«

»Wie war der Mann angezogen?«, fragte die Kommissarin. Beck schien einen Moment lang zu überlegen, bevor er antwortete: »Darauf habe ich nicht geachtet … besonders auffällig kann er nicht gekleidet gewesen sein, daran würde ich mich erinnern. Also wahrscheinlich hatte er Jeans oder Shorts an, dazu ein T-Shirt.«

Die Aussage kam Mona durchaus glaubhaft vor. Genau wie ihr Kollege machte sie sich Notizen.

»Wann haben Sie bemerkt, dass Ihr Beiboot fehlt?«, wollte Enno von Althoff wissen.

»Gestern Abend sind meine Familie und ich etwas trinken gegangen, und zwar in der *Nordsee Kajüte*. Um kurz vor zwanzig Uhr waren wir dort. Gegen zweiundzwanzig Uhr haben wir die Gaststätte verlassen. Und als ich wieder an Bord der *Nagpur Lady* gehen wollte, fiel mir sofort auf, dass das Boot fort war! Natürlich habe ich sofort die unmittelbaren Nachbarn gefragt, ob ihnen etwas aufgefallen ist. Aber auf der *Rosalie* habe ich niemanden angetroffen, und die Eigner der *Winter Blossom* und der *Kathleen* konnten mir auch nicht helfen. Diese Yachten liegen allerdings auch weiter von der Hafeneinfahrt entfernt als mein Kabinenkreuzer. Ich will damit sagen, dass der Dieb des Beibootes nicht an ihnen vorbei musste, wenn er unauffällig verschwinden wollte.«

Mona kam auf einen anderen Punkt zu sprechen. Sie wusste allerdings noch nicht, ob er wichtig sein konnte: »Darf ich fragen, wie es zu dem Namen und der Gestaltung Ihrer Yacht kam? Diese Fotos und die Kunstgegenstände sehen echt aus. – Es ist ein sehr weiter Weg von Indien nach Ostfriesland, oder?«

»Ja, aber nicht von Texel nach Borkum, Frau Sander«, antwortete Althoff lächelnd und fuhr erklärend fort: »Von den westfriesischen Inseln zu den ostfriesischen Inseln ist es nur ein Katzensprung, da werden Sie mir zustimmen. – Die *Nagpur Lady* wurde ursprünglich für einen Holländer gebaut, der als Kaufmann in den damaligen Kolonien tätig war. Als aus Niederländisch-Indien im vorigen Jahrhundert Indonesien wurde, kehrte er auf seiner Yacht in die Heimat zurück. Sein Enkel geriet in Finanznöte, daher musste er den Kabinenkreuzer verkaufen. Ich habe ihn von Spezialisten renovieren und technisch auf den neuesten Stand bringen lassen. Den Namen und die Einrichtung ließ ich natürlich nicht verändern, die Yacht ist schließlich ein Gesamtkunstwerk.«

»Die *Nagpur Lady* erregt zweifellos Aufsehen«, stellte die Kommissarin fest, »und darum frage ich mich, warum jemand ausgerechnet das Beiboot dieser Yacht entwendet hat. Fällt Ihnen ein Grund dafür ein?«

»Da bin ich überfragt«, gab Althoff zurück, »Sie werden festgestellt haben, dass dieses Beiboot ein Massenprodukt ist. Das ursprüngliche Exemplar war aus Holz und nach all den Jahren nicht mehr zu gebrauchen. Ich habe es durch das Boot mit dem Kunststoffrumpf ersetzt. Es passt nicht zu dem nostalgischen Flair meiner Yacht, ist aber ein Zugeständnis an die heutigen Sicherheitsanforderungen.«

»Wie wird das Boot fortbewegt?«

Monas Frage schien Althoff zu erstaunen: »Mit Muskelkraft – also genauer gesagt mit zwei Riemen.«

»Der Dieb konnte also den Hafen ziemlich geräuscharm verlassen«, meinte der Oberkommissar, »wenn Zeugen nicht wussten, dass er nicht zu Ihrer Besatzung gehört, wird ihnen seine Fahrt nicht ungewöhnlich vorgekommen sein.«

Mona hatte den Toten nur kurz gemustert. Vom Körperbau her schien er durchaus in der Lage gewesen zu sein, das Beiboot aus dem Hafen zu lenken und damit bis zum Südstrand zu fahren. Aber was hatte sich dann ereignet? Warum war der Unbekannte nackt gewesen? Und wo waren die Riemen abgeblieben? Die Kriminalistin hätte sich nach den Glasscherben erkundigen können, aber sie behielt dieses Detail zunächst für sich. Stattdessen erkundigte sie sich mit einem neutralen Tonfall nach der Ausrüstung des Beiboots. Althoff erklärte: »Darin befanden sich zwei Rettungswesten, außerdem eine Signalpistole, ein Erste-Hilfe-Koffer sowie Notproviant.«

Diese Dinge fehlten ausnahmslos. Mona konnte sich nicht vorstellen, dass jemand einen Mord beging, um solche Gegenstände zu stehlen.

»Wann können wir unser Eigentum zurückbekommen?«, erkundigte sich Sophie Althoff. »Vorerst liegt die *Nagpur Lady* ja sicher im Hafen. Aber wenn wir wieder auslaufen, hätte ich schon gern ein seetüchtiges Beiboot.«

»Sobald die kriminaltechnische Untersuchung abgeschlossen ist, wird Ihnen das Boot überstellt«, sagte Enno in bestem Beamtendeutsch. Er fügte hinzu: »Was machen Sie eigentlich beruflich?«

»Warum ist das wichtig?«, fragte Kea. Die Tochter hatte sich bisher noch gar nicht geäußert.

»Wir müssen in alle Richtungen ermitteln«, erklärte Mona. »Vielleicht waren Sie kein Zufallsopfer des Diebstahls. Es wäre ja möglich, dass jemand privat oder im Job etwas gegen ein Familienmitglied hat – oder gegen Sie alle.«

Althoff lachte, als ob die Kriminalistin einen Scherz gemacht hätte: »Das erscheint mir eher unwahrscheinlich, Frau Sander. Meine Gattin ist Kunstmalerin, meine Tochter studiert Jura, Lennard ist Kfz-Gutachter und meine Wenigkeit besitzt einige Schnellreinigungen. Wir sind also in ganz unterschiedlichen Bereichen tätig. Und einen Erbfeind haben wir auch nicht, soweit ich weiß.«

Diese Erklärung kam dem Yachtbesitzer für Monas Geschmack ein wenig zu glatt über die Lippen. Das war natürlich noch kein Beweis dafür, dass bei dieser Familie etwas im Argen lag. Mona tat so, als ob sie mit Althoffs Ausführungen zufrieden wäre: »Gut, das wäre für den Moment alles. Wenn Ihnen noch etwas einfällt, das zur Aufklärung dieses Falls beiträgt, können Sie uns jederzeit erreichen.«

Mit diesen Worten legte sie eine ihrer Visitenkarten auf den Tisch. Althoff nahm sie sofort an sich. Außerdem ließ die Ermittlerin sich die Mobilnummern von allen Familienmitgliedern geben. Nachdem die Kommissare sich verabschiedet hatten, traten sie wieder auf den Steg. Nachdem sie außer Hörweite waren, fragte Enno: »Was hältst du von der Sippschaft?«

»Ich glaube, dass diese saubere Familie uns nach Strich und Faden verschaukeln will. – Aber zum Glück haben wir einen sehr zuverlässigen Zeugen, mit dessen Hilfe wir ihr Alibi überprüfen können.«

»Du sprichst natürlich von deinem Freund«, gab der Ostfriese augenzwinkernd zurück.

*

Vormittags war die *Nordsee Kajüte* normalerweise geschlossen. Nur die Putzkolonne waltete ihres Amtes, um das Lokal wieder auf Hochglanz zu bringen, bevor es für das Mittagsgeschäft öffnete. Mona mochte die Atmosphäre in dem Schankraum, der mit allerlei maritimem Schnickschnack dekoriert war – vom Rettungsring bis zu Überresten eines Schleppnetzes. Doch vor allem betrachtete sie die *Nordsee Kajüte* als ihr »zweites Wohnzimmer«, weil sie hier so viel Zeit wie möglich bei ihrem Freund verbrachte – wenn ihr nicht gerade ein nervenaufreibender Kriminalfall dazwischenkam. Die Kommissare betraten die Gaststube, in der es momentan nach einem starken Putzmittel roch. Eine Reinigungskraft legte den Feudel beiseite, wollte die beiden scheinbar verjagen – aber dann erkannte sie Mona: »Moin, willst du uns bei der Arbeit helfen?«

»Nicht, wenn ich es vermeiden kann«, scherzte sie, wurde aber schnell wieder ernst: »Mein Kollege und ich wollen uns hier mit Jan treffen, es ist diesmal rein dienstlich.«

»Der Chef wird begeistert sein, wenn du seinen Schönheitsschlaf störst«, erwiderte die Mitarbeiterin mit einem schiefen Grinsen.

»Jan ist von mir Kummer gewöhnt«, gab Mona trocken zurück. Natürlich hätte sie ihren Freund auch zur Wache bitten können, nachdem er aufgewacht war. Aber der Mordfall duldete keine Verzögerungen. Die ersten 48 Stunden nach der Tat konnten entscheidend für die Aufklärung sein. Außerdem ging sie davon aus, dass er sich besser erinnern konnte, wenn er sich in seiner gewohnten Umgebung aufhielt. Sie griff zum Smartphone und rief ihren Freund an. Es dauerte eine Weile, bis Jan sich meldete. Er klang verpennt, womit sie gerechnet hatte.

»Mona, was gibt es?«

»Du rätst nie, wo ich gerade bin, Schatz!«

»Wenn du mich *Schatz* nennst, dann ahne ich nichts Gutes.«

»Wie man es nimmt. – Du hast die Chance, Enno und mir bei einer Mordermittlung zu helfen. Wir sind in der *Nordsee Kajüte*.«

»Du erwartest wahrscheinlich, dass ich dorthin komme?«, gab Jan seufzend zurück.

»Ich wusste, dass ich auf dich zählen kann!«, jubelte sie. »Ich setze schon mal einen extra starken Tee auf!«

Mit diesen Worten beendete sie das Telefonat. Der Oberkommissar hatte alles mitbekommen.

»Deiner Charmeoffensive kann eben keiner widerstehen«, meinte er lächelnd.

»Ja, ich kann auch lieb sein«, beteuerte Mona, »und darum werde ich meinen Worten Taten folgen lassen und mich jetzt um den Tee kümmern.«

»Ich könnte ebenfalls ein Tässchen vertragen«, gestand Enno. Die Kommissarin begab sich in die Lokalküche und suchte die Utensilien zum Teekochen zusammen. Nachdem sie den Pfeifkessel mit Wasser gefüllt und die Kanne präpariert hatte, ging sie die bisher bekannten Fakten noch einmal durch. Ob es etwas nützen würde, die Mitglieder der Familie Althoff einzeln zu befragen? Aber reichte Monas vager Verdacht aus, um die Bestohlenen mit dem Mord in Verbindung zu bringen? Wenn Althoff und seine Verwandten wirklich etwas mit dem Tod des Unbekannten zu tun hatten – warum zeigten sie dann den Bootsdiebstahl an? Oder war dies eine Vorwärtsverteidigung, weil sie damit rechneten, dass das Boot gefunden wurde? Sie merkte, dass ihre Überlegungen zu spekulativ wurden und brach sie ab. Als der Tee servierfertig war, trug Mona ein Tablett mit der Kanne, drei Tassen,

Kandis und Sahne in den Gastraum. Wenig später traf ihr Freund ein. Jans Haar stand wirr von seinem Kopf ab, aber er schien jetzt halbwegs wach zu sein.

»Oh, habe ich eine neue Kellnerin?«, scherzte er. Die Kommissarin warf ihm eine Kusshand zu: »Ich liebe dich auch!«

Dann wurde sie ernst und beschrieb Althoff und dessen Familienangehörige so gut wie möglich.

»Ja, an das Quartett kann ich mich erinnern«, sagte er, »Mutter und Tochter hätte man glatt für Schwestern halten können, beide haben eine richtige Modelfigur.«

Interessant, worauf du bei anderen Frauen so achtest, dachte Mona mit einem Anflug von Eifersucht. Sie war mit ihrem eigenen Körperbau eigentlich zufrieden, wobei sie es nie zu Mannequinmaßen bringen würde – allein schon, weil ihr die dafür notwendigen langen Beine fehlten. Enno fragte: »Kannst du dich noch daran erinnern, wann diese Gäste gekommen sind und wie lange sie blieben?«

Jan überlegte einen Moment lang, dann antwortete er: »Sie sind ungefähr zwei Stunden geblieben, haben sich so gegen acht Uhr abends bei mir blicken lassen.« Er machte eine kleine Pause und fügte hinzu: »Jedenfalls drei von ihnen.«

»Wie meinst du das?«, hakte die Kommissarin nach.

»Es gab einen lautstarken Streit. Ich wollte schon dazwischengehen, meine anderen Gäste hätten vergrault werden können. Doch dann rauschte die jüngere Frau mit hoch erhobenem Kinn ab, und daraufhin trat Ruhe ein, ohne dass ich aktiv werden musste. Eine Stunde später kam die Blonde zurück, sie wirkte nun ziemlich kleinlaut. Die anderen versuchten jedenfalls nicht mehr, mit ihr zu zanken. Stattdessen schienen sie die Frau trösten zu wollen.«

Vielleicht, weil sie einen Mord begangen hat?, dachte Mona. Doch sie hütete sich davor, ihrem Freund Worte in den Mund legen zu wollen. Es war schon problematisch genug, dass sie mit einem wichtigen Zeugen verbandelt war. Wenn dieser Fall vor Gericht kam und der gegnerische Strafverteidiger Wind davon bekam, konnte sie sich warm anziehen. Doch so weit war es noch nicht.

»Weißt du zufällig noch, wann die junge Frau dein Lokal verlassen hat, Jan?«, fragte sie.

»Das muss um kurz vor neun Uhr abends gewesen sein«, lautete die Antwort. »Ich hatte mich nämlich gerade dazu durchgerungen, die Polizei zu rufen. Doch nach ihrem denkwürdigen Abgang wurden die anderen lammfromm – wie schon gesagt. Daher erschien es mir als übertrieben, jetzt noch Alarm zu schlagen.«

Mona wusste, dass ihr Freund konfliktscheu war. *Eine wichtige Eigenschaft, wenn man es mit mir aushalten will*, dachte sie selbstironisch. Aber das spielte jetzt keine Rolle. Für Mona war entscheidend, dass man sich auf die Zeugenaussage ihres Freundes verlassen konnte. Und das bedeutete: Kea Beck hatte ungefähr eine Stunde lang kurz vor der mutmaßlichen Tatzeit kein Alibi. Worum war es bei der Auseinandersetzung zwischen den Familienmitgliedern gegangen? Warum hielten ihren Eltern und ihr Ehemann Kea den Rücken frei? Was hatte sie während dieser Stunde getan? Die Kommissarin wollte schon aufbrechen, als ihr plötzlich etwas einfiel. Sie wandte sich an ihren Freund: »Wie sieht es eigentlich mit deinem Vorsatz aus, den Hof zu entrümpeln?«

»Hast du jetzt auch noch einen Nebenjob beim Ordnungsamt?«, fragte der Gastwirt zurück. Das Schuldbewusstsein stand ihm ins Gesicht geschrieben, als er fortfuhr: »Du weißt doch, dass das Wertstoffcenter neulich wegen Krankheit geschlossen war. Seitdem bin ich noch nicht dazu gekommen, aufzuräumen.«

»Schon gut, ich will nur kurz etwas überprüfen.«

Mit diesen Worten gab Mona Jan einen Kuss auf die Wange, bevor sie durch die Küche zur Hintertür eilte. Sie erinnerte sich nämlich daran, dass irgendein Gast schon vor Monaten ein schrottreifes Fahrrad bei der *Nordsee Kajüte* stehengelassen hatte. Nachdem jemand das intakte Vorderrad gestohlen hatte, wurden die Überreste des Zweirads von Jan zu dem übrigen Gerümpel hinter seinem Lokal geworfen. Sie wusste, dass er das Zeug seit einiger Zeit entsorgen wollte – aber ihm schien ständig etwas dazwischenzukommen. In diesem Fall fand die Kriminalistin seinen mangelnden Ordnungssinn allerdings positiv, denn ihr war eine vage Idee gekommen. Als sie die kläglichen Überreste eines einst stolzen Hollandrades erblickte, wurde aus dem Verdacht Gewissheit: Eine Speiche des Hinterrades fehlte! Mona zog Latexhandschuhe an und entfernte eine weitere Speiche. Sie war sicher, dass diese zu dem Exemplar im Rücken des Toten passen würde. Sie packte den Gegenstand in einen Beutel für Beweisstücke und kehrte triumphierend zu Enno und Jan zurück: »Ich habe eine Theorie, woher die Mordwaffe stammt!«

Kapitel 3

Der Gastwirt konnte kaum glauben, dass die Speiche für ein Verbrechen zweckentfremdet worden war.

»Noch wissen wir nicht, ob ich mit meiner Annahme richtig liege«, betonte die Kommissarin eindringlich, »und außerdem gibt es auf Borkum jede Menge Fahrräder, und sie alle haben Speichen. Mach dir bloß keine Vorwürfe, weil du diesen Schrott gebunkert hast!«

»Ich verstehe, was du mir sagen willst. Es ist trotzdem ein mieses Gefühl«, murmelte ihr Freund.

Mona und Enno dankten Jan und baten ihn, seine Aussage später auf der Polizeiwache schriftlich niederlegen zu lassen. Die Ermittlerin rief die Servierkraft Anna an, die am Vorabend gearbeitet hatte. Die junge Frau konnte sich zwar an den Streit der Familie Althoff erinnern, hatte aber keine Einzelheiten aufschnappen können.

»Es ging wohl um Geld«, meinte die Mitarbeiterin schließlich, »der jüngere Mann sagte: ›Wir müssen uns alle klarmachen, was für uns auf dem Spiel steht‹.«

Nach Monas Meinung konnte man diese Worte auch ganz anders interpretieren. Aber sie hielt ihren Schnabel, um die Zeugin nicht zu beeinflussen. Auch die Bedienung wurde gebeten, ihre Beobachtung auf der Wache zu Protokoll zu geben. Nachdem die Kommissare sich verabschiedet hatten, kehrten sie zur Polizeistation zurück. Auf der Fahrt dorthin sagte Mona: »Althoff macht auf mich keinen allzu naiven Eindruck. Hat er wirklich geglaubt, dass wir seine Angaben zu dem Lokalbesuch nicht überprüfen würden?«

»Der Mord war vielleicht nicht geplant«, vermutete Enno, »als Althoff davon erfuhr, musste er retten, was zu retten war. Also zeigte er den Diebstahl des Beibootes an – in der Hoffnung, dass es vielleicht nie gefunden wird und er als unschuldiges Opfer eines Eigentumsdelikts dasteht. Und warum tut er das? Um seine Tochter zu schützen.«

»Also wäre Kea die Mörderin?«, dachte Mona laut nach. Sie fuhr fort: »Immerhin hat die junge Dame kein Alibi für die ungefähre Tatzeit, wobei Dr. Siemers ja von einem Zeitraum ausgeht, der erst um 22 Uhr beginnt. Genauer werden sich die Angaben erst nach der Obduktion eingrenzen lassen, das Spiel kennen wir ja. – Ich stelle mir vor, dass Kea zur Toilette gegangen ist, bevor sie abdampfte. Das Damen-WC befindet sich in der *Nordsee Kajüte* an dem Gang, der auf den Hof führt. Sie will vielleicht noch kurz frische Luft schnappen, um sich nach dem Streit mit ihrer Familie zu beruhigen. Kea sieht das Fahrradwrack und kommt auf die Idee, die Speiche zweckzuentfremden. Sie geht zum Hafen, wo sie den noch Unbekannten trifft. Gemeinsam hauen die beiden mit dem Beiboot ab, bevor sie ihn aus noch ungeklärter Ursache tötet.«

Enno erwiderte: »So weit kann ich dir folgen, Mona. Aber reicht eine Stunde aus, um mit dem Ruderboot vom Yachthafen zum Südstrand zu gelangen, die Bluttat zu begehen und dann zur *Nordsee Kajüte* zurückzukehren? Zu Fuß benötigt man schätzungsweise anderthalb Stunden, und sogar mit dem Fahrrad dauert es zwanzig Minuten. Das hätte nur funktionieren können, wenn Kea ein Auto zur Verfügung gestanden hätte. Deshalb sollten wir zunächst die Taxifahrer überprüfen.«

»Ja, das werden wir tun, Enno. – Das Zeitfenster ist trotzdem zu knapp. Man kann unmöglich innerhalb einer Stunde vom Yachthafen zu dem Punkt rudern, wo das Boot gefunden wurde – vom eigentlichen Mord und dem Beseitigen von Textilien ganz zu schweigen.«

»Wir sollten uns nicht darauf verlassen, dass das Beiboot wirklich erst zwischen 20 und 22 Uhr abhandengekommen ist«, schlug der Oberkommissar vor, »denn das ist die Version der Familie, die offensichtlich Kea schützen will. Der Unbekannte könnte das Boot schon früher an sich genommen haben. Dann verabredet er sich mit der Tochter, meinetwegen telefonisch. Sie gerät mit ihren Eltern und ihrem Ehemann in Streit, vermutlich aus genau diesem Grund. Sie fährt per Taxi zum Südstrand, wo das spätere Mordopfer wartet. Die beiden geraten aneinander, Kea sticht zu – und entkleidet die Leiche, um deren Identität zu verschleiern. So könnte es sich abgespielt haben, obwohl es mir nicht sehr realistisch vorkommt.«

»Wegen der Uhrzeit, oder?«, hakte seine Kollegin nach und sprach weiter: »Jetzt im Sommer ist es um 21 Uhr noch so hell, dass die Dunkelheit keinen Schutz vor Entdeckung bietet. Und der Südstrand ist zwar abends nicht so stark besucht wie der Abschnitt unterhalb der Musikkuppel – trotzdem muss ein Täter stets mit lästigen Zeugen rechnen, die bei der Polizei anrufen könnten. – Ich fürchte, so einfach wird die Aufklärung dieser Bluttat nicht sein.«

Dieser Meinung schien sich auch der Chef anzuschließen. Als die Kommissare wenig später in seinem Büro saßen und ihm Bericht erstatteten, legte Hauptkommissar Hinrich Oltbeck seine Stirn in tiefe Sorgenfalten: »Wirklich ein rätselhaftes Verbrechen, mit dem wir es hier zu tun bekommen, Frau Sander und Herr Moll! Und Sie sind sicher, dass die Tochter des Yachteigners etwas damit zu tun haben könnte?«

»Zumindest hat uns die Familie Kea Becks zeitweiliges Verschwinden aus dem Lokal verschwiegen«, unterstrich Enno.

»Sie sprachen auch von einem vorherigen Streit«, erinnerte der Vorgesetzte, »es könnte den Althoffs einfach peinlich sein, ihren internen Zwist vor Außenstehenden einräumen zu müssen. – Gibt es schon Erkenntnisse zur Identität des Opfers?«

»Die Leiche wird heute nach Oldenburg überstellt, dort nehmen die Kollegen neben der Obduktion auch einen Abgleich der Fingerabdrücke mit unseren Dateien vor«, begann der Oberkommissar, »und wir werden gleich die aktuellen Vermisstenfälle überprüfen.«

»Tun Sie das«, schnarrte Oltbeck, »und irgendwie muss dieser Mann ja nach Borkum gelangt sein, oder? Wo hat er gewohnt? Wer hatte Kontakt zu ihm? Ich lade zu einer Pressekonferenz am morgigen Tag. Dort bringen wir die Medienvertreter auf den neuesten Stand, sie können dann auch ein Foto der Person veröffentlichen.«

»Am besten nur ein Porträtbild, denn er hatte ja nichts an.«

»Danke für den hilfreichen Hinweis, Frau Sander«, gab ihr Vorgesetzter ironisch zurück und fügte hinzu: »Mir ist bekannt, dass Sie mit den Medien auf Kriegsfuß stehen – das haben Sie ja schon bei dem Fall mit dem Radiomoderator hinlänglich bewiesen. Aber diesmal liegen die Dinge anders. Wir müssen zuallererst herausfinden, mit wem wir es zu tun haben.«

Mona wusste, dass Oltbeck im Grunde recht hatte. Dennoch war eine Öffentlichkeitsfahndung in ihren Augen ein zweischneidiges Schwert. Gewiss, die Ermittler konnten auf diese Art brauchbare Hinweise auf das Opfer bekommen. Aber ebenso groß war die Gefahr, dass sie durch Anrufe von aufgeblasenen Wichtigtuern ihre Zeit verschwendeten. Der Chef hatte sich jedenfalls in den Kopf gesetzt, diese Pressekonferenz abzuhalten – und nichts würde ihn davon abbringen können. Also unterdrückte die Kommissarin einen Seufzer und überließ ihm eines der Fotos, die sie vom Gesicht des Toten gemacht hatte. Sie verließ Oltbecks Büro mit gemischten Gefühlen. Als die Kommissare wenig später ihr eigenes Arbeitszimmer betraten, war Grietje gerade damit beschäftigt, Müll auf Monas Schreibtisch zu verteilen. Die Kriminalistin holte schon Luft, um ihre junge Kollegin zusammenzufalten – aber dann sah sie, dass der Abfall ordentlich in Beutel für Beweisstücke verpackt war. Grietje deutete auf ihren Fund: »Na, was sagt ihr dazu? Eine Herren-Shorts, eine Herren-Unterhose, ein T-Shirt, eine leere Champagnerflasche und einen Haufen Scherben – und das ist noch nicht alles!«

»Also hast du noch mehr Plunder sicherstellen können?«, fragte Mona lächelnd.

»Sehr lustig! Du glaubst wohl, nur dir wären die Glasscherben im Boot aufgefallen, Sherlockine Holmes? Nee, ich habe sie auch bemerkt. Und ich wette, dass sie von denselben Champagnerkelchen stammen, deren klägliche Überreste ihr hier sehen könnt!«, verkündete Grietje. Enno hatte seine Brille aufgesetzt und gesellte sich zu seinen beiden Kolleginnen.

»Diese roten Rückstände an einigen Scherben – das könnten Abdrücke eines Lippenstifts sein«, stellte er fest.

»Also hat die Mörderin vor der Tat mit dem Mann Puffbrause geschlürft, bevor sie ihm eine Fahrradspeiche in den Rücken getrieben hat?«, dachte die Kommissarin laut nach. Grietje zuckte mit den Schultern: »Schon möglich. Ich habe dieses Sammelsurium jedenfalls in dem Strandgutkorb gefunden, der ungefähr einen halben Kilometer von dem Beiboot entfernt steht. Ich kam gerade noch rechtzeitig, bevor die Stadtreinigung das Ding leeren konnte.«

Mona nickte. Auf Borkum gab es überall am Strand aufgestellte Körbe aus Drahtgeflecht, in denen Passanten angeschwemmte Gegenstände entsorgen konnten. Die Kommissarin hatte dort schon die seltsamsten Dinge gesehen, von Verpackungen asiatischer Tütensuppen bis zu Ballerina-Schläppchen. Es kam immer wieder vor, dass auch Kleidungsstücke angespült wurden. Daher hätten die Mitarbeiter der Stadt Borkum gewiss keinen Anstoß an der Herren-Garderobe in dem Korb genommen.

»Gut gemacht, Grietje«, lobte Enno.

»Man tut, was man kann«, gab die Polizistin mit den Wuschelhaaren lässig zurück, »Bierpullen habe ich am Strand ja schon oft genug aufgesammelt, deshalb fand ich die Champagnerflasche eher ungewöhnlich. Und als ich dann genauer hinschaute, bemerkte ich die Glassplitter.«

»Die Täterin oder ein Komplize wollte verschleiern, dass in dem Boot ein kleiner Umtrunk stattgefunden hat«, vermutete Mona, »also hat man das Opfer nicht nur ausgezogen, sondern auch die Gläser und die Flasche entsorgt – wobei einige Scherben übersehen wurden.«

»Die Champagnerkelche könnten schon im Boot kaputtgegangen sein, vielleicht bei einer Auseinandersetzung zwischen Täterin und Opfer«, meinte Enno.

»Ihr geht also von einem Zwist zwischen Mann und Frau aus?«, vergewisserte Grietje sich. »Wäre es nicht auch denkbar, dass das Opfer mit einem Kerl angestoßen hat?«

»Grundsätzlich schon«, stellte Mona klar, »allerdings steht bisher nur eine weibliche Person auf unserer Verdächtigenliste.«

»Okay, verstehe. – Meldet euch einfach, wenn ihr wieder nicht weiterkommt.«

Mit diesen Worten verließ Grietje das Büro der Kriminalisten. Enno schaute ihr lächelnd und kopfschüttelnd nach: »Man muss sie einfach gernhaben.«

Mona lachte und sagte: »Ich brauche jetzt dringend frische Luft. Lass uns die Taxifahrer befragen.«

Bevor die beiden die Wache verließen, machten sie die neuen Beweisstücke für den Versand nach Oldenburg fertig. Natürlich war es denkbar, dass die Champagnertrinker am Strand nicht das Geringste mit dem Mordfall zu tun hatten – doch die Kommissarin glaubte nicht an Zufälle. Sie war zunächst davon ausgegangen, dass die Scherben im Boot von einer Ampulle stammen könnten. Es war aber ebenso plausibel, dass es die Überreste eines dünnwandigen Trinkglases waren. Auf Borkum gab es nur wenige Taxiunternehmen. Wenn die Wagen nicht gerade ein Ziel ansteuerten, fand man sie am Inselbahnhof oder am Fährterminal. Die Bahnstation war nur wenige Schritte von der Polizeidienststelle entfernt. Die Kommissare gingen zu den drei Taxis, die neben den Gleisen der Kleinbahn abgestellt waren. Natürlich kannten die Ermittler alle Fahrer persönlich. Mona beschrieb Kea Beck so gut wie möglich und fragte: »Hat einer von euch diese Frau gestern Abend zwischen 21 und 22 Uhr gefahren?«

»Ja – das könnte der Fahrgast sein, den ich abends kurz nach neun vor dem Lokal deines Freundes aufgelesen habe«, sagte Keno Lütt zu der Kommissarin. Dass sie mit dem Gastwirt liiert war, wussten zahlreiche Bewohner der Insel. Und als Taxifahrer bekam Keno ohnehin ziemlich viel von dem mit, was sich um ihn herum ereignete.

»Hat sie dich telefonisch angefordert?«

»Genau, Mona. Es kommt eher selten vor, dass jemand von der *Nordsee Kajüte* zu seiner Unterkunft gefahren werden will. Die meisten von Jans Gästen sind ja Freizeitkapitäne, und ihre Yachten liegen nur ein paar Schritte von dem Lokal entfernt.«

Das wusste die Kommissarin natürlich, und sie musste sich beherrschen, um dem weißblonden Friesen mit ihrer Ungeduld nicht zu sehr auf den Wecker zu gehen. So ruhig wie möglich hakte sie nach: »Wohin wollte die Person gefahren werden?«

Keno Lütt antwortete: »In die Johann-Calvin-Straße. Es gibt da dieses frisch renovierte Ferienhaus, vor dem ich sie absetzen musste. Ich hatte ihr meine Visitenkarte gegeben. Eine halbe Stunde später wollte sie wieder abgeholt werden. Das tat ich auch, und ich brachte sie zur *Nordsee Kajüte* zurück.«

»Ich weiß, von welchem Haus du sprichst«, warf Enno ein. Als gebürtiger Borkumer kannte er die Insel wie seine Westentasche. Mona fühlte sich nach einigen Jahren auf dem Eiland zwar ebenfalls heimisch, aber ihrem Kollegen konnte sie in dieser Hinsicht nicht das Wasser reichen. Die Kommissare bedankten sich bei dem Taxifahrer und kehrten zur Wache zurück, um ihr Auto zu holen. Die Johann-Calvin-Straße war eine ruhige Wohnstraße, die von der Richthofenstraße abging.

»Es sieht so aus, als ob Kea nun doch ein brauchbares Alibi hätte«, meinte Enno, während er den Wagen zu ihrem Fahrtziel lenkte, »angesichts ihrer Stippvisite in dem Ferienhaus hätte sie unmöglich noch einen Mord dazwischenschieben können.«

»Ich stimme dir zu – wobei mich momentan hauptsächlich interessiert, wen sie dort aufgesucht hat.«

»Das geht mir genauso«, erwiderte der Oberkommissar. Wenig später parkte er den Dienstwagen vor einem schönen Rotziegel-Friesenhaus mit einem gepflegten Garten und Heckenrosen, die an der Fassade hochrankten. Im Carport stand kein Auto, aber das musste nichts zu bedeuten haben. Es gab genügend Borkumurlauber, die mit der Bahn anreisten. Enno klingelte an der Tür. Es dauerte nicht lange, bis ihnen geöffnet wurde. Eine Dame in den Vierzigern mit grau meliertem Blondhaar stand vor den Ermittlern. Sie trug eine weite weiße Baumwollhose von elegantem Schnitt, außerdem eine pastellfarbene Bluse. Ihre Kleidung war nicht billig gewesen, und bei dem goldenen Armreif sowie der Armbanduhr handelte es sich gewiss nicht um schlechte Imitate, sondern um wertvolle Originale. Dafür hatte Mona einen Blick.

»Ja, bitte?«

Die Frau schaute die Kommissare fragend an. Die Kriminalistin zeigte ihren Polizeiausweis: »Moin, ich bin Kommissarin Sander. Das ist Oberkommissar Moll. Wie lautet Ihr Name?«

»Ich heiße Viktoria Enders. – Warum interessiert sich die Polizei für mich?«

»Das möchten wir gern drinnen besprechen«, bat Enno freundlich. Frau Enders reagierte neutral, weder abweisend noch begeistert: »Wie Sie wünschen. – Treten Sie bitte näher.«

Sie gab die Tür frei und ging in den großzügig geschnittenen Wohnraum voraus. Es handelte sich um ein Ferienhaus der gehobenen Preiskategorie. Ob Viktoria Enders hier allein lebte? Momentan deutete nichts auf weitere anwesende Personen hin. Sie ließ sich in einen Sessel fallen, die Ermittler setzten sich nebeneinander auf das Sofa.

»Sagt Ihnen der Name Kea Beck etwas?«, fragte Mona direkt. Frau Enders hob ihre Augenbrauen: »Ah, wegen dieser Person sind Sie hier! Hat sie mich jetzt auch noch bei der Polizei angeschwärzt? Das würde mich nicht wundern. Gestern Abend war sie hier und hat Sturm geklingelt. Sie führte sich wie eine Verrückte auf und redete pausenlos über meinen verstorbenen Ehemann. So etwas Pietätloses habe ich noch nicht erlebt. Ich habe in den letzten Monaten gerade erst damit begonnen, den Verlust zu verarbeiten – und Kea behauptete dreist, dass Michael sie vor Kurzem angerufen hätte!«

Was hatte dies zu bedeuten? Die Kriminalistin erhob sich und zeigte Viktoria Enders ein Foto des Mordopfers: »Kennen Sie diese Person, Frau Enders?«

»Selbstverständlich – das ist mein verstorbener Gatte Michael. – Wo haben Sie dieses Bild her? Mein Mann ist vor einem Jahr einem Herzinfarkt erlegen.«

Kapitel 4

Mona und Enno schauten einander an. Die Kommissarin war sicher, dass ihr Kollege in diesem Moment ähnlich wie sie selbst dachte: *Werden wir verschaukelt oder sind wir einem viel größeren Schwindel auf der Spur?* Die Ermittlerin hakte nach: »Sie sind sicher, dass es sich bei dieser Person um Ihren Ehemann handelt? Das Foto ist nicht besonders gut, das muss ich leider zugeben.«

Viktoria Enders machte nicht den Eindruck, als ob sie zu Scherzen aufgelegt wäre. Sie wirkte auf Mona ernst und streng, was angesichts des Themas nur allzu verständlich war.

»Ich weiß nicht, was für ein grausames Spiel Sie mit mir treiben, Frau Sander. Es ist offensichtlich, dass dieser Mann auf dem Bild nicht mehr lebt. Wollen Sie mir erzählen, dass mein Michael aus dem Grab auferstanden wäre, um noch einmal zu sterben?«

Bevor Mona reagieren konnte, ergriff Enno das Wort. Dafür war sie ihm sehr dankbar, denn er fand oft bei aufgebrachten Angehörigen von Verbrechensopfern die passenden Worte, während die Kommissarin sich leider manchmal wie eine Elefantin im Porzellanladen aufführte. Er sagte: »Wir wollen Sie nicht verletzen, Frau Enders. Das liegt uns fern. Und wir hatten keine Ahnung, dass es sich bei dieser Person um Ihren Ehemann zu handeln scheint. Wir konnten den Leichnam bisher leider noch nicht identifizieren, weil wir bei ihm keine Personalpapiere gefunden haben. Wir sind heute eigentlich nur zu Ihnen gekommen, um mit Ihnen über Ihr Verhältnis zu Kea Beck zu sprechen.«

Viktoria Enders rümpfte die Nase: »Von einem Verhältnis würde ich nicht reden, Herr Moll. Ich weiß noch nicht einmal, wie Kea herausgefunden hat, dass ich auf Borkum Urlaub mache. Von mir kann sie diese Information jedenfalls nicht haben. Kea war hinter meinem Mann her, aber zwischen den beiden ist nie etwas gelaufen – soweit ich weiß. Vielleicht hat die Kleine ja wegen Michaels Tod den Verstand verloren, besonders intelligent ist sie noch nie gewesen.«

»Woher kannten Ihr Gatte und Kea Beck einander?«, hakte Mona nach.

»Michael ist … war Rechtsanwalt, in der Hannoveraner Kanzlei Sondermann, Wilke & Enders«, lautete die Antwort. »Kea studiert ja Jura und hat dort eine Art Praktikum gemacht. Diese Gelegenheit nutzte sie natürlich, um sich meinem Ehemann an den Hals zu werfen. – Nun möchte ich aber wissen, was es mit diesem Foto auf sich hat, das Sie mir gezeigt haben.«

Der Oberkommissar teilte der Witwe so schonend wie möglich mit, was er und Mona bisher herausgefunden hatten. Viktoria Enders straffte sich und stand auf: »Mein Mann als Bootsdieb? Das ist absurd. Und ich möchte auf der Stelle diesen Leichnam sehen. Wenn es sich dabei wirklich um Michael handelt – was ich mir nicht vorstellen kann – dann werde ich ihn auf jeden Fall wiedererkennen.«

Eben war sie noch sicher, dass auf dem Foto ihr Michael abgebildet ist, dachte die Kommissarin. Gleichzeitig führte sie sich vor Augen, dass sie die Worte der Witwe nicht auf die Goldwaage legen durfte. Wenn es sich bei dem Toten tatsächlich um Michael Enders handeln sollte, dann hatte seine Ehefrau ihn vor einem Jahr unter die Erde gebracht. Also war sein Tod nur vorgetäuscht gewesen? Aber aus welchem Grund? Mona ermahnte sich, keine voreiligen Schlüsse zu ziehen. Und warum hätte Enders die ehemalige Praktikantin anrufen sollen? Immerhin würde er dadurch riskieren, dass sein Schwindel aufflog. Enno schaute auf die Uhr und sagte: »Die Fähre, auf der die Leiche nach Emden transportiert werden soll, ist noch nicht eingelaufen. Ich schlage vor, dass wir uns umgehend auf den Weg zu Hafen machen – vorausgesetzt, Sie fühlen sich dazu in der Lage.«

Viktorias Enders' Gesichtszüge verhärteten sich.

»Ich bin nicht allzu zart besaitet, Herr Moll. Und ich habe mich bereits einmal für immer von meinem Ehemann verabschiedet, dann kann ich dies notfalls auch ein zweites Mal tun – obwohl ich nicht glaube, dass es sich bei diesem Toten um Michael handelt.«

Mona dachte über die Worte der Witwe nach. Als Viktoria Enders zuerst einen Blick auf das Foto warf, hatte sie ihren verstorbenen Gatten sofort erkannt. Wenig später ruderte sie zurück und behauptete, dass der Ermordete *nicht* ihr toter Ehemann wäre. Falls der Name des Mannes im Boot wirklich Michael Enders lautete, dann hatte er offenbar auch gegenüber seiner Frau den eigenen Tod glaubwürdig inszeniert. Aus welchem Grund? Die Kommissarin vermutete, dass er untertauchen wollte – entweder, weil er sich von Verbrechern oder von der Justiz verfolgt fühlte. Als Rechtsanwalt bekam Enders es gewiss oft genug mit zwielichtigen Gestalten zu tun. Vielleicht hatte er seinen Herztod vorgetäuscht, weil er seine Frau schützen wollte. Es kam immer wieder vor, dass Kriminelle die Familie eines Juristen bedrohten. Wenn Enders nicht mehr am Leben war, wurde auch seine frischgebackene Witwe für seine Widersacher uninteressant. Oder – Enders hatte selbst gegen Gesetze verstoßen. Auch diese Möglichkeit konnte man nicht ausschließen. Vielleicht war ihm die Polizei bereits auf den Fersen gewesen und er hatte sich den Ermittlungen durch seinen inszenierten Tod entzogen. Mona beschloss, die Kollegen in Hannover anzurufen. Falls Enders sich verdächtig gemacht hatte, würde sie es von der dortigen Polizei erfahren. Die Witwe hatte sich ihre Handtasche gegriffen und stieg nun mit den Kommissaren ins Auto. Mona nahm auf der Rückbank Platz.

»Wurde Ihr Ehemann in den Monaten vor seinem Tod unter Druck gesetzt?«, fragte sie. »Hatte er es vielleicht mit Mandanten zu tun, die ihm an den Kragen wollten, falls sie verurteilt wurden?«

Viktoria Enders drehte sich halb zu der Kommissarin um und warf ihr einen ironisch wirkenden Blick zu: »Sie glauben, Michael wäre so eine Art Mafia-Anwalt gewesen, der irgendwelche Auftragsmörder vor Gericht freibekommt? Da muss ich Sie enttäuschen. Sein Fachgebiet war das Wirtschaftsrecht. Er musste sich allenfalls mit Vertragsverletzungen und nicht erfüllten Lieferzusagen befassen, nicht mit Gewaltverbrechen. Seine Mandanten waren stets äußerst zufrieden mit ihm.«

Mal sehen, was die Hannoveraner Kriminalpolizei dazu sagt, dachte die Ermittlerin. Sie nickte einfach nur und tat so, als ob diese Auskunft ihr genügen würde. Ihr Kollege wandte sich an die Witwe: »Sie werden gewiss verstehen, dass wir alle Möglichkeiten berücksichtigen müssen.«

»Selbstverständlich, Herr Moll. Sie wollen herausfinden, wer diesen Unbekannten getötet hat. Ich kann Ihnen dabei helfen, indem ich mir die Leiche anschaue. – An Ihrer Stelle würde ich Kea Beck genauer unter die Lupe nehmen. Ich bin keine Psychiaterin, aber diese junge Frau scheint mir nicht bei klarem Verstand zu sein. Vielleicht hielt sie diesen Fremden ja wirklich für meinen verstorbenen Mann und tötete ihn, weil er ihre Gefühle nicht erwiderte.«

War diese Variante vorstellbar? Kea Beck hatte ein Alibi, aber nur für die Zeit zwischen 21 und 22 Uhr. Laut Dr. Siemers konnte der Tod aber erst zwischen 22 Uhr und Mitternacht eingetreten sein. Ob es wirklich eine Schwärmerei für den angeblich verstorbenen Enders gewesen war, die Kea Beck zum Ferienhaus der Witwe getrieben hatte? Mona wollte diese Erklärung nicht für bare Münze nehmen. Falls die junge Frau wirklich etwas zu verbergen hatte, dann würde ihre Familie sie vermutlich decken. Mit dem Auto benötigte man ungefähr zwölf Minuten, um von der Johann-Calvin-Straße zum Fährterminal zu gelangen. Dort verschafften die Kriminalisten sich mithilfe ihrer

Dienstausweise Zugang zu dem abgetrennten Raum, in dem sich die sterblichen Überreste des Mannes befanden. Enno öffnete den provisorischen Sarg, in den die Bestatter die Leiche gelegt hatten. Viktoria Enders trat neben den Oberkommissar und hielt sich an seiner Schulter fest. Zuvor war sie Mona selbstbeherrscht und kontrolliert vorgekommen. Doch nun schien der Anblick des Toten sie mitzunehmen, was die Kommissarin nachvollziehen konnte. Allein die Möglichkeit, dass es sich um ihren bereits zu Grabe getragenen Gatten handeln könnte, musste sie belasten. Die Witwe beugte sich über den Rand der Totenkiste und betrachtete das wächsern-bleiche Gesicht des Leichnams genauer. Dann schüttelte sie heftig den Kopf: »Nein, dieser Mann ist mir unbekannt. Ich gebe zu, dass eine gewisse Ähnlichkeit mit meinem verstorbenen Ehemann vorhanden ist. Wahrscheinlich habe ich deshalb spontan auf das Foto reagiert, das Sie mir gezeigt haben, Frau Sander. Es handelte sich wohl eher um Wunschdenken meinerseits. Falls ich bei Ihnen falsche Erwartungen geweckt habe, entschuldige ich mich dafür. Aber diese Person hier war nicht Michael Enders!«

War diese Aussage glaubhaft? Mona wusste nicht, was sie davon halten sollte. Sie beschloss, sich zunächst mit Enno auszutauschen, bevor sie sich mit unbedachten Äußerungen wieder in die Nesseln setzte. Jedenfalls konnte sie nicht ausschließen, dass auch Viktoria Enders etwas zu verbergen hatte.

»Wir danken Ihnen für Ihre Unterstützung«, sagte Enno zu der Witwe. »Dürfen wir Sie noch einmal ansprechen, falls sich weitere Fragen ergeben?«

»Ja, selbstverständlich. Ich bin zwar auf Borkum, um Urlaub zu machen – doch wenn ich zur Aufklärung Ihres Falles beitragen kann, will ich das gern tun«, sagte Viktoria Enders. Ihre entgegenkommenden Worte erschienen Mona wie inhaltsleere Floskeln. Das Bauchgefühl der Kommissarin war eindeutig: Die Witwe hatte ihren Mann auf dem Bild sofort wiedererkannt, auch wenn sie bei der Identifizierung im Fährterminal das Gegenteil behauptete. Die Kriminalisten ließen sich Viktoria Enders' Mobilnummer geben und überreichten ihr eine dienstliche Visitenkarte. Dann brachten sie die Frau zu ihrem Ferienhaus zurück und verabschiedeten sich von ihr.

»Wie wäre es mit einer Mittagspause, bevor wir uns Kea zur Brust nehmen?«, schlug Mona vor. »Es gibt einiges zu besprechen.«

Enno war natürlich sofort einverstanden: »Ja, lass uns zur Abwechslung mal ins *Café Sturmeck* gehen, wo wir schon in der Nähe sind.«

Sie fuhren zu dem beliebten Lokal und suchten sich einen freien Tisch auf der großen Terrasse, von dem aus man einen weiten Blick auf den darunter liegenden Strand und die Nordsee hatte. Genau wie seine Kollegin hielt sich auch der Oberkommissar am liebsten im Freien auf. Er bestellte sich eine Portion Matjes auf Hausfrauenart, Mona entschied sich für Apfelpfannkuchen. Während sie auf das Essen warteten, tranken sie alkoholfreies Bier. Enno schaute versonnen aufs Meer hinaus und sagte: »Wir sollten von den Fakten ausgehen und nicht von den Märchen, die uns die beiden Damen auftischen oder auftischen werden.«

»Dann vermutest du also auch, dass es sich bei dem Toten wirklich um Michael Enders handelt und die Witwe uns verschaukeln wollte?«

»Ich weiß es nicht, Mona – und genau deshalb sollten wir uns auf die zuverlässigen Zeugen konzentrieren, nämlich Jan, seine Bedienung Anna und Taxi-Keno. Also wissen wir, dass es Streit in der Familie Althoff gab, dass Kea zwischenzeitlich verschwunden war und Viktoria Enders einen Besuch abstattete. Aber worum es bei diesem Treffen der zwei Frauen wirklich ging, ist uns nicht bekannt. Ich rate jedenfalls davon ab, der Witwe jedes Wort zu glauben. Ich bin sicher, dass der Tote vom Strand ihr angeblich verstorbener Mann ist – bloß lässt sich dies nicht beweisen.«

»*Noch* nicht«, verbesserte Mona. Sie fuhr fort: »Wir sollten mit den Kollegen in Hannover Kontakt aufnehmen. Vielleicht ist Enders wirklich eines natürlichen Todes gestorben – aber ebenso gut kann ich mir vorstellen, dass er sich auf diese Weise elegant aus der Affäre ziehen wollte. Ob Kea Beck tatsächlich in der Rechtsanwaltskanzlei ein Praktikum gemacht hat, wird sich nachprüfen lassen. Und der angebliche Anruf, den sie laut der Witwe von Enders erhalten hat? Dies lässt sich mithilfe der Einzelverbindungsnachweise ebenfalls checken.«

»Vorausgesetzt, wir bekommen dafür grünes Licht von der Staatsanwaltschaft«, gab Enno zu bedenken, »denn bisher haben wir praktisch nichts gegen Kea in der Hand. Das Fahrradwrack auf Jans Hof? Momentan können wir nicht beweisen, dass sie sich eine der Speichen geschnappt hat. Und dank ihres Besuchs bei Viktoria Enders hat sie nun sogar ein Alibi für ihre Zeit der Abwesenheit zwischen 21 und 22 Uhr.«

»Du weißt, dass Geduld nicht meine stärkste Charaktereigenschaft ist«, gab die Kommissarin selbstkritisch zu, »aber ich bin sicher, dass die kriminaltechnische Untersuchung der Glasscherben unsere Ermittlungen voranbringen wird. Kea wird uns einiges erklären müssen, wenn wir ihr die Lippenstiftspuren zuordnen können.«

»Ja – oder es stellt sich heraus, dass Viktoria Enders mit ihrem scheinbar verstorbenen Ehemann ein wenig Champagner geschlürft hat«, schlug der Oberkommissar vor. Er sprach weiter: »Von der Witwe wissen wir noch gar nicht, wo sie während der Tatzeit gewesen ist. Mir fallen auf Anhieb zwei Varianten ein, die sie als Mörderin infrage kommen lassen: Sie könnte herausgefunden haben, dass ihr Ehemann noch lebt und war höchst erbost, weil er sie im Stich gelassen und mit ihren Gefühlen gespielt hat. Oder sie steckt mit ihm unter einer Decke, weil sie gemeinsam eine Straftat ausgeheckt haben. Danach wollte sie ihn abservieren, weil er für sie nur noch ein lästiger Mitwisser war.«

Mona ahnte, dass sie und ihr Kollege gerade erst an der Oberfläche dieses Rätsels zu kratzen begonnen hatten. Doch nun wurden erst einmal ihre leckeren Gerichte serviert. Die Kommissarin ließ sich den Pfannkuchen schmecken. Während sie aß, schaute sie auf den Strand und die Brandung hinab.

»Ist das Beiboot eigentlich der Tatort?«, fragte sie nachdenklich.

»Davon bin ich bisher stillschweigend ausgegangen, und die Spurensicherung hat auch noch nichts Gegenteiliges verlauten lassen«, meinte Enno, der sichtliches Vergnügen an seinem Matjes auf Hausfrauenart hatte. Er fuhr fort: »Es wäre auch logisch, wenn man von einem Einzeltäter – oder einer Täterin – ausgeht. Warum sollte man die Leiche in das Boot wuchten, wenn man sie irgendwo am Strand umgebracht hat. Wie viel mag der Mann gewogen haben? Ich tippe auf achtzig bis neunzig Kilo. Kannst du dir vorstellen, dass eine so gertenschlanke Person wie Kea Beck den Leichnam über die Reling stemmt? Sie könnte natürlich Hilfe gehabt haben. Aber damit wäre immer noch nicht geklärt, warum der nackte Mann unbedingt in dem Boot gefunden werden sollte. Damit wir als Polizei eine Verbindung zu der Familie herstellen? Damit würde sie sich ins eigene Fleisch schneiden.«

»Richtig – sofern es sich bei der Mörderin wirklich um Kea handelt!«, gab Mona eifrig zurück. Sie redete weiter: »Falls Viktoria Enders die Tat begangen hätte, würde die Sache schon ganz anders aussehen. Dir ist doch bestimmt auch aufgefallen, dass die Witwe versucht hat, uns gegenüber Kea als eine durchgeknallte Stalkerin zu brandmarken.«

»Ja, wobei wir immer noch nicht wissen, aus welchem Grund Kea ihr wirklich auf die Bude gerückt ist.«

»Das werden wir noch herausfinden, Enno – Frau Enders hätte jedenfalls ein Motiv, unseren Verdacht auf Kea Beck zu lenken, vor allem, nachdem sie von ihr aufgesucht wurde. Ich stelle es mir so vor: Kea fährt per Taxi aufgebracht zu der Witwe. Worüber sie gesprochen haben, ist uns noch nicht bekannt. Aber nachdem Kea wieder abgehauen ist, könnte Frau Enders selbst zum Strand gefahren sein.«

»Sie hat offenbar kein Auto«, wandte der Oberkommissar ein. Mona erwiderte: »Dann schnappte sie sich vielleicht ebenfalls ein Taxi – und mit dem Fahrrad schafft man es von der Johann-Calvin-Straße zum Südstrand auch innerhalb von zehn Minuten. Auf jeden Fall war das Zeitfenster zwischen Keas Verschwinden und Mitternacht groß genug, damit sie sich mit dem Mann treffen, Champagner mit ihm trinken und ihm eine Fahrradspeiche in den Rücken rammen konnte.«

»So weit kann ich deiner Überlegung folgen«, sagte Enno, »aber wie kam Frau Enders zu der Fahrradspeiche – vorausgesetzt, die Mordwaffe stammt wirklich von dem Schrottrad auf Jans Hof?«

»Das ist ein guter Einwand, aber tatsächlich habe ich auch auf diese Frage eine Antwort. – Die Althoffs sind ja schon seit einigen Tagen auf Borkum. Angenommen, sie gehen jeden Abend in die *Nordsee Kajüte*. Das lässt sich leicht nachprüfen. Und da mein Liebster ein Chaot ist, liegt dieses Fahrradwrack seit Monaten hinter dem Haus. Jeder, der auf der Straße vorbeifährt, kann es sehen. Und der Hof lässt sich zu jeder Tages- und Nachtzeit betreten, weil der Zaun löchrig ist. Wenn Frau Enders also den Verdacht auf die Althoffs lenken wollte – was läge näher, als eine Tatwaffe zu beschaffen, die sich mit ihnen in Verbindung bringen lässt?«

Enno schob die Unterlippe vor und warf seiner Kollegin einen anerkennenden Blick zu: »Diese Schlussfolgerung gefällt mir – hast du schon mal daran gedacht, dich bei der Polizei zu bewerben?«

»Doofmann!«, erwiderte sie lachend und pikste ihn in seinen dicken Bauch. Monas Smartphone klingelte. Sie nahm das Telefonat an: »Moin, hier ist Kommissarin Sander. Mit wem spreche ich?«

»Hier ist Matthias Althoff. – Haben Sie einen Moment lang Zeit?«

»Selbstverständlich. Ich gehe davon aus, dass Sie nicht mit mir über das Wetter plaudern wollen.«

»Nein, ganz gewiss nicht. Es wäre gut, wenn Sie und Herr Moll zu meiner Yacht kommen könnten. – Ich kenne jetzt wahrscheinlich den Grund für den Beiboot-Diebstahl. Er dürfte mit einer anderen Straftat zusammenhängen.«

Kapitel 5

Was mit dem letzten Satz wohl gemeint war? Die Kommissarin wollte kein Rätselraten veranstalten, sondern sich vor Ort selbst ein Bild machen. Daher sagte sie: »Vielen Dank für Ihren Anruf, Herr Althoff. Wir machen uns gleich auf den Weg zu Ihnen.«

Mit diesen Worten beendete sie das Gespräch. Enno warf ihr einen fragenden Blick zu: »Was gibt es Neues?«

»Althoff hat angeblich neue Informationen für uns. Ich bin gespannt wie ein Flitzebogen.«

Nachdem die Kommissare aufgegessen und gezahlt hatten, fuhren sie Richtung Yachthafen. Als sie an Bord der *Nagpur Lady* gingen, wurden sie dort von der gesamten Familie Althoff erwartet. Mona musterte Kea unauffällig. Die junge Frau machte einen gleichgültigen, fast gelangweilten Eindruck. Der neuerliche Polizeibesuch schien sie nicht zu beunruhigen. Aber es war ja ihr Vater, der die Beamten gerufen hatte. Vielleicht machte sie sich keine Sorgen, weil Matthias Althoff einen ganz bestimmten Plan verfolgte. Oder war sie schlicht und einfach unschuldig? Auch Sophie Althoff und Lennard Beck wirkten nicht besonders aufgeregt.

»Nachdem ich mit Ihnen über den Diebstahl des Beibootes gesprochen hatte, überprüfte ich meine Yacht noch einmal ganz genau«, begann Althoff, »und zwar buchstäblich von der Bilge bis zur Kommandobrücke. Auf den ersten Blick hatte es ja so ausgesehen, als ob nichts fehlen würde.«

»An der Kabinenluke habe ich jedenfalls keine Einbruchspuren bemerkt«, warf Mona ein, »darauf habe ich schon bei unserem ersten Zusammentreffen geachtet.«

»Richtig, Frau Sander. Aber die *Nagpur Lady* ist ein alter Kabinenkreuzer, und das Schloss wird in all den Jahren nicht ausgewechselt worden sein. Ich nehme an, dass ein Verbrecher es im Handumdrehen mit einem Dietrich oder einem anderen Werkzeug öffnen könnte.«

»Also fehlt außer dem Beiboot noch etwas?«, vergewisserte Enno sich.

»Diese Frage kann ich leider nicht beantworten.«

Althoffs Reaktion ging Mona auf den Wecker. Gereizt erwiderte sie: »Wenn das so ist, dann verstehe ich nicht, warum Sie uns hierher zitiert haben!«

»Folgen Sie mir bitte.«

Mit diesen Worten stieg der Yachtbesitzer unter Deck, und die Kommissare kamen hinter ihm her. Althoff durchquerte die Wohnkajüte und führte die beiden zu den Schlafkajüten im vorderen Teil der *Nagpur Lady*. Er deutete auf einige Holzpaneele, die offenbar verschoben und leicht verkeilt wieder eingesetzt worden waren: »Sehen Sie – hier befindet sich ein Geheimfach! Ich besitze diesen Kabinenkreuzer nun seit Jahren und hatte keine Ahnung davon, dass dieses Versteck tatsächlich existiert. Der Dieb hingegen muss darüber Bescheid gewusst haben.«

»Was befand sich hinter den Paneelen?«

Althoff lachte, als ob Ennos Frage ein Scherz gewesen wäre: »Wenn ich das wüsste, Herr Moll! Ich habe allerdings einen bestimmten Verdacht. – Die *Nagpur Lady* wurde ja ursprünglich in Niederländisch-Indien gebaut, das hatte ich Ihnen schon erzählt. Kurz bevor sie Richtung Europa in See stach, soll sich dort ein furchtbares Verbrechen zugetragen haben. Ein Juwelendieb ermordete einen Gewürzhändler und dessen Familie, dann flüchtete er mit der Beute – Diamantenschmuck von unermesslichem Wert. Er gelangte an Bord der *Nagpur Lady*, die noch im Trockendock lag und auf ihre Indienststellung wartete. Die Polizei war ihm auf den Fersen, doch auf der Yacht fanden sie ihn nicht. Drei Tage später wurde die Leiche des Kriminellen aus dem Hafenbecken gefischt. Seitdem wird behauptet, dass er den Schmuck auf der *Nagpur Lady* versteckt haben könnte.«

»Und Sie glauben, dass der Dieb Ihres Beiboots sich auch diese Beute aus dem damaligen Einbruch geschnappt haben könnte?«

»Für die Schlussfolgerungen sind Sie zuständig, Frau Sander. – Ich wollte Ihnen nur zeigen, dass diese Holzpaneele offenbar verschoben wurden – und zwar weder von mir noch von meinen Familienmitgliedern. Jemand muss es also getan haben, oder? Ich gebe zu, dass ich die Geschichte von den verschwundenen Sumatra-Juwelen immer für ein Ammenmärchen gehalten habe. Erstmals hörte ich sie von dem Verkäufer meiner Yacht.«

»Wir werden diesem Hinweis auf jeden Fall nachgehen«, versicherte der Oberkommissar, »daher wird sich die Spurensicherung mit diesen Holzpaneelen befassen. Die Kollegen werden von Ihnen und Ihren Familienangehörigen Fingerabdrücke nehmen, damit wir sie beim Abgleich ausschließen können.«

»Das verstehe ich natürlich«, sagte der Yachtbesitzer, »wir freuen uns, wenn wir bei der Aufklärung dieses Verbrechens mitwirken können.«

Die Kriminalisten verließen die *Nagpur Lady* wieder. Auf dem Rückweg zum Auto bemerkte Mona das feine Lächeln auf den Lippen ihres Kollegen.

»Was erheitert dich denn so, Enno? Meiner Meinung nach hat Althoff uns soeben eine haarsträubende Räuberpistole aufgetischt, um unsere Ermittlungen in die falsche Richtung zu lenken. Und warum haben wir Kea nicht zur Befragung mit auf die Wache genommen? Ich wollte nichts sagen, als du dich einfach so sang- und klanglos verabschiedet hast.«

»Ja, ich halte diese Geschichte mit dem Juwelenraub in Niederländisch-Indien auch für eine Nebelkerze. – Und Kea soll sich ruhig noch in Sicherheit wiegen. Althoff kommt sich clever vor, aber wir sind schlauer. Wenn die Kriminaltechniker die Fingerabdrücke von allen Anwesenden auf der Yacht genommen haben, können wir diese auch mit der Champagnerflasche und den Scherben abgleichen. Und wenn Keas Prints einen Treffer ergeben, wird sie uns einiges zu erklären haben.«

»Ich verstehe, worauf du hinauswillst«, gab die Kommissarin zurück. »Kea hat inzwischen zwar ein Alibi für die Zeit zwischen 20 und 22 Uhr, nicht aber für die Stunden danach.«

»Dennoch sollten wir Althoffs Geschichte nicht einfach abtun«, mahnte Enno. Er fuhr fort: »So ein spektakulärer Juwelenraub in Tateinheit mit mehrfachem Mord wird sich garantiert in den Akten der dortigen Kollegen wiederfinden. Falls das nicht der Fall sein sollte, können wir Althoff als Lügenbaron entlarven – obwohl er nach wie vor behaupten kann, selbst nur ein Gerücht gehört zu haben.«

»Darum kümmere ich mich«, versprach Mona. »Aber jetzt möchte ich erst einmal hören, ob die Hannoveraner Kollegen uns etwas zu Enders' Ableben im vorigen Jahr sagen können.«

Sobald die Kommissare sich wieder in ihrem Dienstzimmer befanden, griff sie zum Telefonhörer und nahm Kontakt mit dem Polizeipräsidium in der Landeshauptstadt auf. Die Kriminalistin wusste nicht, ob es überhaupt Ermittlungen im Zusammenhang mit der Rechtsanwaltskanzlei Sondermann, Wilke & Enders gegeben hatte. Entsprechend lange dauerte es, bis sie einen Kollegen an den Apparat bekam, der sich für ihr Anliegen zuständig fühlte. Sein Name war

Oberkommissar Folkert. Mona stellte sich mit Namen und Dienstgrad vor, dann gab sie ihm eine kurze Zusammenfassung der bisherigen Ereignisse. Folkert pfiff durch die Zähne und erwiderte: »Also wäre Enders noch am Leben gewesen, bevor er auf Borkum durch eine Fahrradspeiche getötet wurde? Das ist wirklich eine abenteuerliche Annahme, Frau Sander. Allerdings muss ich zugeben, dass diese Geschichte einen Sinn ergeben würde. Wir hatten nämlich vor einem Jahr diese Kanzlei im Visier, weil der Verdacht auf Beihilfe zur Geldwäsche im Raum stand. Das organisierte Verbrechen nimmt gern die Unterstützung renommierter Wirtschaftsberater in Anspruch, wie Sie wahrscheinlich wissen. Illegale Einnahmen landen auf diese Weise in Restaurants, Massagesalons, Schnellreinigungen und anderen Unternehmen.«

Schnellreinigungen? Dieser Begriff ließ Mona aufhorchen, aber sie wollte erst auf einen anderen Punkt zu sprechen kommen: »Bestand denn ein konkreter Verdacht gegen Enders?«

»Ich habe ihn einmal befragt, auf mich machte er einen aalglatten Eindruck«, erwiderte Folkert. »Eine Woche später bekamen wir dann die Nachricht, dass er einem Herzinfarkt erlegen sei. Der Arzt, der den Totenschein ausgestellt hatte, war kein zwielichtiger Unterweltmediziner. Wir hatten keinen Grund, an einer natürlichen Todesursache zu zweifeln. Enders hatte ja einen stressigen Job, so gesehen schien sein Tod in relativ jungen Jahren plausibel.«

»Hatten Sie auch mit der Praktikantin Kea Beck zu tun?«

»Wir haben sie natürlich auch unter die Lupe genommen, allerdings nicht besonders intensiv«, gab der Hannoveraner Kollege zu. »Sie war ja nur Praktikantin – und wenn ich ein krummes Ding drehen wollte, wäre diese Frau bestimmt nicht meine Komplizin geworden.«

»Warum nicht?«, hakte Mona nach.

Folkert erwiderte: »Kea Beck wirkte auf mich gelangweilt – so, als ob sie die ganze Kanzlei und ihr Studium überhaupt nicht wirklich interessieren würden. Vielleicht wollte sie auch nur cool erscheinen, ich habe keine Ahnung. Wenn ich ein Ganove wäre, hätte ich diese Praktikantin jedenfalls nicht ins Vertrauen gezogen.«

»Laut einem Gerücht soll Kea Beck hinter Enders her gewesen sein«, teilte Mona dem Kollegen mit.

»Davon weiß ich nichts, Frau Sander.«

»Es steht ja auch noch nicht fest, ob dies überhaupt zutrifft. – Kea Becks Vater ist jedenfalls ein gewisser Matthias Althoff. Sagt Ihnen der Name etwas?«

»Nicht auf Anhieb. Wie kommen Sie auf diesen Herrn?«

Mona erklärte: »Im Beiboot seiner Yacht fanden wir die Leiche des Mannes, bei dem es sich angeblich um Michael Enders handeln soll – obwohl seine ›Witwe‹ dazu widersprüchliche Angaben macht. Auf jeden Fall besitzt Althoff einige Schnellreinigungen.«

Der Hannoveraner Oberkommissar sagte: »Ich werde mir die Ermittlungsakten noch einmal anschauen und Sie dann zurückrufen. – Also ist die Identität des Leichnams noch nicht endgültig geklärt?«

»Leider nicht«, musste Mona zugeben.

»Da kann ich vielleicht helfen«, bot Folkert an. »Ich erinnere mich, dass wir im Rahmen der Ermittlung damals Enders' Fingerabdrücke genommen hatten. Konkret ging es um Spuren auf einer Ledermappe, die bei einem kriminellen Schrotthändler namens Hugo Kolk sichergestellt wurde. Enders behauptete, Kolk niemals begegnet zu sein und nicht mit ihm verhandelt zu haben – obwohl sich in der Mappe Vertragsentwürfe der Kanzlei befanden. Es stellte sich heraus, dass Enders die Wahrheit gesagt hatte. Vielleicht wurde ja vergessen, die Fingerabdrücke im Rahmen des Datenschutzes wieder zu löschen.«

Die Kommissarin bat den Kollegen, die Fingerabdrücke für den Abgleich ans gerichtsmedizinische Institut Oldenburg weiterzuleiten. Dann fragte sie: »Was hat es mit diesem Kolk auf sich?«

»Wir betrachteten ihn als einen Strohmann des organisierten Verbrechens, Frau Sander. Bevor wir ihn festnehmen konnten, tauchte er unter. Seitdem steht er auf der Fahndungsliste, aber er bleibt verschwunden.«

Genau wie Enders, dachte die Ermittlerin. Sie fragte: »Und eine Verbindung zwischen Kolk und Enders konnte nicht nachgewiesen werden?«

»Nein. Die Kanzlei Sondermann, Wilke und Enders behauptete, dass ihre Dateien *gehackt* worden wären, also hätte sich jeder die Vertragsentwürfe vom Server herunterladen können. Das Gegenteil ließ sich nicht beweisen, also mussten wir uns mit dieser Erklärung zufriedengeben.«

»Wie lautet Ihre persönliche Meinung, Herr Folkert?«

»Ich muss zugeben, dass ich auf Enders' vorgetäuschten Tod hereingefallen bin – falls es sich denn wirklich so zugetragen hat. Er machte auf mich einen gestressten Eindruck, also kam mir sein Herztod nicht abwegig vor. Bei Kolk waren wir auf der richtigen Spur, da bin ich mir sicher. Doch nach seinem Verschwinden hielt jeder in der Kanzlei die Füße still. Entweder arbeiten Sondermann und Wilke nicht mehr für das organisierte Verbrechen oder sie stellen sich inzwischen weitaus geschickter an. Unsere Ermittlungen stecken jedenfalls seit einem Jahr in einer Sackgasse.«

»Das ist gewiss ein mieses Gefühl«, meinte Mona mitfühlend, »haben Sie eigentlich auch Viktoria Enders befragt?«

»Ja, aber nur kurz«, lautete die Antwort. »Ihre Trauer schien mir echt zu sein, und ich sah bei ihr keine Verstrickung in die berufliche Tätigkeit ihres Ehemanns. Übrigens wird sie von der Juristerei auch gar keine Ahnung haben. Ihre eigene Ausbildung besteht in einem abgebrochenen Medizinstudium, wenn ich mich richtig erinnere.«

Mona wurde abermals hellhörig. Auch ohne einen Abschluss verfügte Viktoria Enders zweifellos über bessere Anatomiekenntnisse als ein Durchschnittsmensch – beispielsweise, um dem Mann im Beiboot zielsicher eine Fahrradspeiche in die Wirbelsäule rammen zu können.

Kapitel 6

Folkert versprach, in den Akten nach Althoffs Namen Ausschau zu halten und Mona dann umgehend zurückzurufen. Sie bedankte sich und beendete das Telefonat. Enno hatte alles mitgehört, da der Lautsprecher eingeschaltet gewesen war.

»Dieser Fall wird immer interessanter«, stellte er fest, »Viktoria Enders ist für mich momentan die Hauptverdächtige: Sie wurde von ihrem Ehemann gründlich hinters Licht geführt, indem er seinen Tod inszenierte. Außerdem versuchte sie mehr oder weniger geschickt, unseren Verdacht auf Kea zu lenken. Ihre vorhandenen anatomischen Kenntnisse sind dann sozusagen noch das Tüpfelchen auf dem I.«

Mona war skeptisch: »Das ist alles zutreffend – aber warum behauptet sie, die Leiche nicht als ihren Ehemann identifizieren zu können? Ihr muss doch klar sein, dass wir früher oder später die Wahrheit herausfinden werden. Und warum nimmt die *Nagpur Lady* ausgerechnet auf die Nordseeinsel Kurs, auf der sich die Witwe gerade einen Urlaub gönnt? Du weißt, was ich von Zufällen halte.«

»Ja, nämlich gar nichts«, bestätigte der Oberkommissar lächelnd, »und in diesem Punkt sind wir uns einig. Übrigens gibt es keinen Beweis für den Diebstahl des Beiboots, wenn man von den Aussagen der Althoffs absieht. Und für die Wahrheitsliebe dieser Familie möchte ich nicht meine Hand ins Feuer legen. Ich halte es für wahrscheinlicher, dass jemand – beispielsweise Kea – das Boot für eine romantische Mondscheintour mit Enders ausgeborgt hat. Das wäre auch eine Erklärung für die Überreste der Champagnerkelche, die du in dem Boot gefunden hast. Während die beiden unterwegs waren, könnte die Situation eskaliert sein.«

»Und Kea hatte rein zufällig eine Fahrradspeiche dabei?«, fragte Mona skeptisch. Ihr Kollege erwiderte: »Ja, das passt nicht zusammen. Da wir von keinem unserer bisherigen Verdächtigen die ganze Wahrheit erwarten dürfen, sollten wir nach weiteren objektiven Hinweisen Ausschau halten. Mit Ergebnissen von Kriminaltechnik und Gerichtsmedizin können wir frühestens morgen rechnen, wenn überhaupt.«

Die Kommissarin war einverstanden. Während Enno die Geschichte von dem angeblichen Juwelenraub überprüfte, nahm sie sich die Strafakte von Hugo Kolk vor. Enders und der verbrecherische Schrotthändler waren beide von der Bildfläche verschwunden gewesen, wobei nur Enders für tot gehalten wurde. Ob diese Personen während ihres Untertauchens miteinander zu tun gehabt hatten? Mona holte sich Kolks elektronische Strafakte auf ihren PC-Monitor. Nach einer Verurteilung wegen Betrugs, die schon acht Jahre zurücklag, hatte der Schrotthändler offenbar die Füße stillgehalten. Genau wie Enders war er in Hannover beheimatet. Einen Bezug zu Borkum konnte die Ermittlerin nicht entdecken. Sie betrachtete nachdenklich die erkennungsdienstlichen Fotos des Mannes. Sie führte sich vor Augen, dass die Aufnahmen fast ein Jahrzehnt alt waren. Kolk konnte sein Aussehen nach Belieben verändern. Das galt auch für die auffällige Tätowierung, die auf seinem linken Unterarm prangte. Sie stellte ein Hufeisen dar, als klassischen Glücksbringer. Es umrahmte die Buchstaben V und H – vielleicht die Initialen seiner großen Liebe?

»Ein Ganove mit romantischen Anwandlungen, das bringt uns auch nicht weiter.«

»Wie bitte?!«, fragte Enno. Der Kommissarin wurde bewusst, dass sie laut gesprochen hatte.

»Das ist nicht weiter wichtig, ich habe nur mit mir selbst geredet«, gab sie zurück. Aber nun war die Neugier des Ostfriesen geweckt. Er kam zu ihr herüber und schaute über ihre Schulter. Sie zeigte auf die Abbildung des Tattoos.

»V und H«, wiederholte Enno, »wir sollten herausfinden, wie Viktoria Enders' Mädchenname lautet. Wie lange waren sie und ihr Ehemann eigentlich verheiratet? Vielleicht hast du eine Verbindung zwischen Kolk und der angeblichen Witwe gefunden, die mit den kriminellen Machenschaften ihres Mannes nichts zu tun hat.«

»Herausgefunden? Es kommt mir eher so vor, als ob ich ein Brett vor dem Kopf hätte«, seufzte Mona. Sie ärgerte sich, weil ihr diese Möglichkeit nicht selbst eingefallen war. Momentan handelte es sich allerdings nur um eine Vermutung, die sich nach einem Anruf beim Einwohnermeldeamt Hannover verstärkte: Viktoria Enders' Mädchenname lautete nämlich Holm.

»Diese Initialen beweisen trotzdem noch gar nichts«, gab Enno zu bedenken, »selbst wenn sie für Viktoria Holm stehen, muss es trotzdem keine Beziehung zwischen ihr und diesem Kolk gegeben haben. Vielleicht hat er sie ja nur aus der Ferne vergeblich angeschmachtet? Immerhin ist sie mit einem anderen Mann vor den Traualtar getreten.«

»Wer weiß, wo sich Kolk momentan herumtreibt«, meinte die Kommissarin, »vielleicht lebt er ja schon gar nicht mehr. Ich würde trotzdem gern bei der Witwe auf den Busch klopfen und sie auf diesen Kerl ansprechen.«

»Du hältst es für möglich, dass Kolk etwas mit Enders' Tod zu tun haben könnte?«, wollte der Oberkommissar wissen. Mona antwortete: »Kolks Fingerabdrücke sind jedenfalls im System. Wenn er die Champagnerflasche oder die Reling vom Beiboot berührt hat, sollten wir dies durch einen Abgleich beweisen können.«

Der Ostfriese schüttelte den Kopf: »Wir müssen aufpassen, dass wir uns nicht verzetteln. Wenn wir jetzt eine Fahndung nach Kolk vom Zaun brechen, wird der Chef mit Recht darauf hinweisen, dass der Ganove schon seit einem Jahr untergetaucht ist. Außerdem kann ich mir nicht vorstellen, dass Enders mit *ihm* eine romantische Bootsfahrt unternommen hat.«

»Nicht mit Kolk – aber mit Viktoria!«, rief die Kriminalistin, wobei sie mit den Fingern schnippte. Sie fuhr fort: »Stell dir vor, dass der totgeglaubte Ehemann unerwartet wieder auftaucht. Er sticht mit Viktoria in See, um ihr sein Verschwinden zu erklären. Kolk könnte ihr gefolgt sein, er platzt vor Eifersucht. Nachdem das Boot den Südstrand erreicht hat, verschwindet Viktoria – aus Gründen, die wir noch nicht kennen. Das ist die Gelegenheit, auf die Kolk gewartet hat. Er erledigt seinen lästigen Rivalen ein für alle Mal.«

»Und warum war Enders unbekleidet?«, hakte der Oberkommissar nach. Mona hob die Schultern: »Vielleicht ist das Wiedersehen mit Viktoria besonders leidenschaftlich ausgefallen.«

Doch sie wusste selbst, dass ihre Vermutungen zur Tatnacht keineswegs stichhaltig waren. Woher hätte Kolk wissen können, wo die Bootsfahrt enden würde? Und warum hätte er sich die Fahrradspeiche als Tatwerkzeug beschaffen sollen? Da erschien es viel plausibler, dass Viktoria ihren Mann umbrachte und den Verdacht auf Kea Beck lenkte. Enno sagte: »Wir können der Witwe gern auf den Zahn fühlen. Aber zuvor wollte ich dir berichten, was ich über diesen Juwelenraub in Niederländisch-Indien herausgefunden habe.«

»Das ging ja flott, lass hören!«, bat sie gespannt.

»Althoff hat uns nur teilweise belogen«, begann der Oberkommissar, »denn die Bluttat hat in den letzten Wochen der Kolonialherrschaft wirklich stattgefunden. Die Juwelen wurden geraubt, die Besitzer getötet – und die Täter versteckten die Beute tatsächlich an Bord der

Nagpur Lady. Der Yachtbesitzer hat uns allerdings verschwiegen, dass die dortige Polizei die Beute schon wenige Tage nach dem Verbrechen entdeckte und vollständig an die Erben der Opfer zurückgab.«

Mona stieß langsam die Luft aus den Lungen und fragte: »Wie hast du das so schnell herausgefunden?«

»Mein Niederländisch ist ganz passabel«, meinte Enno bescheiden, »und ich habe online eine Seite gefunden, die sich *Misdaad in Indonesië* nennt. Dort haben Hobbyforscher spektakuläre Kriminalfälle aus den letzten Jahrzehnten zusammengetragen, die in dem asiatischen Land geschehen sind. Als ich den Suchbegriff *Nagpur Lady* eingab, bin ich sofort auf diesen Bericht gestoßen. Da ist sogar ein Foto von dem Kabinenkreuzer zu sehen.«

Nun erhob Mona sich von ihrem Bürostuhl und folgte ihrem Kollegen zu seinem Arbeitsplatz hinüber. Sie konnte ebenfalls Niederländisch lesen, wenn auch nicht so gut wie Enno. Bei der Yacht auf dem Bild handelte es sich zweifellos um Althoffs Schiff. Allerdings sah man, dass die Aufnahme viele Jahre alt war. Das konnte man allein schon an der Kleidung der Menschen erkennen, die auf dem Deck standen.

»Dies ist natürlich keine offizielle Quelle – aber falls wir über Interpol mit der indonesischen Polizei Kontakt aufnehmen würden, kämen wir wahrscheinlich zu demselben Ergebnis«, vermutete der Oberkommissar.

»Ich schätze, die Mühe können wir uns sparen«, erwiderte sie, »nun steht also fest, dass Althoff die Paneele vermutlich selbst herausgebrochen hat, um eine falsche Fährte zu legen. Vielleicht hat er die Geschichte von dem Juwelenraub beim Kauf der Yacht erzählt bekommen. Ihm wird nicht bewusst gewesen sein, dass wir die Angaben so leicht überprüfen können. Er will entweder seine Tochter schützen – oder sich selbst, das vermute ich zumindest.«

Der Oberkommissar nickte langsam und murmelte nachdenklich: »Natürlich, auch Althoff selbst käme als Tatverdächtiger infrage. Dasselbe gilt für Keas Ehemann, über den wir noch gar nicht gesprochen haben.«

»Bei Lennard Beck wäre Eifersucht ein klassisches Mordmotiv, falls es nämlich wirklich eine Beziehung zwischen Kea und Enders gab«, stellte Mona klar, »aber warum hätte Althoff diesen Mann töten sollen? Um seine Tochter vor ihm zu schützen?«

»Das ist die erste Möglichkeit«, erwiderte Enno, »die zweite besteht darin, dass Althoff von Enders erpresst wurde. Der Rechtsanwalt könnte vor seinem vorgetäuschten Tod Belastungsmaterial über Keas Vater beiseitegeschafft haben, um sich eine Einkommensquelle zu sichern.«

»Es spielt keine Rolle, welche Variante zutrifft – wir sollten Althoff unbedingt in dem Glauben lassen, dass wir seinen Köder geschluckt haben«, schlug die Kommissarin vor. Sie ergänzte: »Wir tun so, als würden wir nach Enders' Komplizen suchen, der mit ihm zusammen die Juwelen geklaut und das Boot an sich genommen hat. So können wir den sauberen Herrn in Sicherheit wiegen und darauf hoffen, dass er einen Fehler begeht.«

Die Kriminalistin wollte sich zusammenreißen, damit ihr Temperament dieses Vorhaben nicht torpedieren würde. Es fiel ihr manchmal nicht leicht, einem Verdächtigen Honig um den Bart zu schmieren und ihn an den Erfolg seiner Lügenmärchen glauben zu lassen. Enno machte eine einladende Handbewegung und sagte: »Wir haben für den Moment genug Bildschirmarbeit gemacht, finde ich. Lass uns zu Viktoria Enders fahren und mit ihr ein wenig über Hugo Kolk plaudern.«

Damit war Mona einverstanden, schließlich stammte der Vorschlag ursprünglich von ihr. Die beiden verließen die Wache und stiegen in ihren Wagen, der in der prallen Sonne gestanden hatte.

»Eine Sauna ist nichts dagegen«, stöhnte die Ermittlerin. Sie hatten beide Seitenfenster gesenkt, sodass immerhin der Fahrtwind ein wenig Abkühlung brachte.

»Wie lange braucht man ungefähr, um vom Yachthafen aus mit einem Boot bis zum Südstrand zu rudern?«, dachte Enno laut nach.

»Ich schätze, das hängt von verschiedenen Gegebenheiten ab – die Fitness des Ruderers, Strömung, Windstärke – und ob gerade Ebbe oder Flut herrscht«, gab Mona zurück. »Ich denke, wir müssten mit mindestens einer Stunde rechnen. – Warum fragst du?«

»Wir sollten uns nicht darauf verlassen, dass das Boot wirklich zwischen 20 und 22 Uhr verschwunden ist«, erwiderte der erfahrene Kriminalist, »deshalb wäre es gut, wenn wir morgen nach Zeugen suchen, die das Beiboot im Yachthafen vielleicht beim Ablegen gesehen haben. Althoff hat uns ja mit seinem Juwelenmärchen eine Steilvorlage geliefert. Wir können ihm gegenüber behaupten, dass wir nach der zweiten Person suchen, die mit Enders im Boot gesessen hat.«

Mona ergänzte lächelnd: »Und von der wir natürlich keinesfalls annehmen, dass es sich um Kea oder ein anderes Familienmitglied von Althoff handelt.«

»Du nimmst mir das Wort aus dem Mund«, sagte der Oberkommissar, wobei er ebenfalls schmunzelte. Wenig später brachte er den Dienstwagen in der Johann-Calvin-Straße zum Stehen. Die Kriminalisten stiegen aus, und Mona klingelte. Das Geräusch war laut und durchdringend, aber niemand öffnete. Darüber wunderte sie sich nicht, denn bei dem schönen Wetter hielt es kaum einen Urlauber in seiner Unterkunft. Viktoria Enders war zwar eine frischgebackene Witwe, aber es erschien nicht völlig abwegig, dass sie die Zeit am Strand genoss – vor allem, falls sie ihren Mann auf dem Gewissen hatte und sich ihre Trauer deshalb in Grenzen hielt. Die Kommissarin schellte noch mehrfach vergeblich, dann trat sie von der Tür zurück.

»Ruf sie doch mal an«, schlug Enno vor. Mona nickte und wollte schon zum Handy greifen, als die Nachbarin Wiebke Clasen ihnen zuwinkte. Die Ermittler gingen zu ihrem Haus hinüber. Sie kannten die ältere Dame, weil sie einmal einen Einbruch bei ihr aufgeklärt hatten. Seitdem waren sie mit der Rentnerin per Du.

»Die Frau in dem Ferienhaus muss daheim sein«, sagte Frau Clasen und zwinkerte den beiden verschwörerisch zu, »vor einer halben Stunde hat sie Herrenbesuch bekommen, ihr versteht schon. Die Turteltäubchen wollen gewiss nicht gestört werden.«

Mona horchte auf, und auch Enno war alarmiert.

»Kannst du den Mann beschreiben, Wiebke?«, bat sie die Nachbarin.

»So genau habe ich ihn mir gar nicht angesehen«, lautete die Antwort. Aber Wiebke Clasen wollte wohl nur den Eindruck vermeiden, dass sie sich allzu sehr für die Menschen in ihrer Umgebung interessierte. Gleichwohl schien sie den Besucher eingehend gemustert zu haben. Sie gab nämlich eine ziemlich genaue Beschreibung ab – die auf Lennard Beck zutraf.

Kapitel 7

Der alten Dame entging nicht, dass ihre Information die Kommissare nervös machte.

»Ist das ein Verbrecher?«, fragte sie, während auf ihrer Stirn Sorgenfalten erschienen.

»Es besteht kein Grund zur Beunruhigung«, versicherte Enno, »trotzdem wäre es besser, wenn du jetzt ins Haus gehst.«

Wiebke Clasen war anzusehen, dass sie nun erst richtig neugierig geworden war. Doch sie gehörte einer Generation an, die Aufforderungen durch einen Polizisten nachkamen, ohne darüber zu diskutieren. Außerdem ging Mona davon aus, dass sie Enno schon ihr ganzes Leben lang kannte, denn sie wurde genau wie der Oberkommissar auf der Insel geboren. Wenn der hünenhafte Ostfriese etwas sagte, dann hatte es Hand und Fuß. Dies wusste jeder, der ihn kannte.

»Man kann uns vom Ferienhaus aus beobachten«, sagte Enno leise, »deshalb tun wir so, als ob wir wegfahren würden.«

Mona nickte. Falls Beck nicht schlagartig taub geworden war, hatte er das vorherige Klingeln an der Tür unmöglich überhören können. Also würde er wissen oder ahnen, dass die Polizei zu Viktoria Enders gewollt hatte. Als die Ermittler im Auto saßen, sagte die Kommissarin: »Entweder haben die Witwe und Beck eine Affäre miteinander – was ich nicht glaube – oder sie wird von ihm bedroht und als Geisel gehalten. Er könnte sie auch schon umgebracht haben, aber warum sollte er dann noch im Haus bleiben?«

»Weil er etwas sucht«, schlug Enno vor.

»Gut, das wäre möglich. Wir sollten aber zunächst davon ausgehen, dass Viktoria Enders noch lebt und unsere Hilfe benötigt«, gab Mona zurück.

»Wir werden jedenfalls Oltbeck informieren und eine mögliche Bedrohungslage melden«, bestimmte der Oberkommissar. »Ich möchte vermeiden, dass der Postbote oder ein Zeitungsjunge sich dem Haus nähert und unwissentlich in Gefahr gerät.«

Während ihres Wortwechsels waren die Ermittler in die Blanke Fenne abgebogen. Dort brachte Enno den Wagen zum Stehen. Nun waren sie nicht mehr in Becks Blickfeld.

»Wir sollten nicht warten, bis die Kollegen hier eintreffen«, meinte Mona, »die Witwe könnte sich genau jetzt in akuter Lebensgefahr befinden. Ich will versuchen, ins Haus zu kommen. Vielleicht handelt es sich ja wirklich nur um ein harmloses Stelldichein, in dem Fall würde ich mich diskret wieder zurückziehen.«

»Sicher, bei Gefahr im Verzug benötigen wir keinen Durchsuchungsbeschluss«, erwiderte Enno, »aber wie willst du unbemerkt ins Haus gelangen?«

Seinem Gesichtsausdruck war anzusehen, dass er von ihrem Vorhaben überhaupt nicht begeistert war.

»Da fällt mir schon etwas ein«, behauptete sie und fügte hinzu: »Wenn der Frau etwas zustößt und wir ihr hätten helfen können, dann werden wir uns das nie verzeihen!«

»Du hast ja recht«, brummte der Oberkommissar, »aber ich gebe dir auf jeden Fall Deckung.«

Als Nächstes nahm er Kontakt mit der Wache auf, schilderte die Situation und bat um Unterstützung sowie weiträumige Absperrung des Gefahrenbereichs. Auf dem Festland hätten die Kommissare auf das Eintreffen einer Spezialeinheit warten müssen. Doch bis eine solche Elitetruppe die weit vor der Küste liegende Insel erreichen konnte, wäre viel zu viel Zeit vergangen. Daher schlichen die Kriminalisten nun durch die Gärten zurück zur Johann-Calvin-Straße, wobei sie sich dem Ferienhaus von der Rückseite näherten. Dort waren die Fensterläden im Erdgeschoss verschlossen. In der ersten Etage befand sich allerdings ein Fenster in der Kippstellung.

»Die Regenrinne sieht doch ziemlich solide aus, oder?«

Mona wartete keine Antwort auf ihre Frage ab, sondern begann mit dem Klettern. Sie vermied den Augenkontakt mit Enno, der auf der Terrasse geblieben war und jetzt vermutlich Blut und Wasser schwitzte. Mona wusste, dass er sich um sie sorgte – doch ihrer Meinung nach vollführte sie keine halsbrecherische Kamikaze-Aktion. Sie war durchtrainiert und hatte im Gegensatz zu ihrem Kollegen kein Übergewicht. Auf einer flachen Insel wie Borkum gab es zwar eher selten Gelegenheit, ein Ziel in luftiger Höhe zu erklimmen – aber das erste Stockwerk eines Friesenhauses war ja auch nicht der Mount Everest. Nur einmal rutschte Mona kurz mit einem Schuh von der Wandverankerung der Regenrinne ab, doch im nächsten Moment hatte sie wieder festen Halt. Als sie auf Höhe des Fensters angelangt war, schob sie ihre rechte Hand durch den Spalt und drehte den Griff. Gleich darauf schwang das Fenster nach innen auf. Die Kommissarin streckte sich so weit wie möglich, packte die Fensterbank mit beiden Händen und landete im Inneren des Zimmers. Abgesehen von einem mehr oder weniger unterdrücktem Keuchen war ihr das Eindringen ins Haus geräuschlos gelungen. Sie schaute aus dem Fenster und reckte den Daumen nach oben. Enno blickte zu ihr hinauf, die Erleichterung stand ihm deutlich ins Gesicht geschrieben. Sie gestikulierte, um ihn zur Vordertür zu dirigieren. Die beiden arbeiteten schon so lange zusammen, dass die wortlose Verständigung zwischen ihnen meist gut klappte. Mona wollte ihren Kollegen ins Haus lassen. Dabei musste sie natürlich vermeiden, Lennard Beck und Viktoria Enders zu begegnen. Die Ermittlerin schaute sich zunächst das Zimmer an, in das sie eingedrungen war. Es handelte sich um ein nicht benutztes Schlafzimmer, die Betten waren jedenfalls abgezogen. Da die Witwe die Unterkunft allein bewohnte, benötigte sie natürlich nur einen Raum für ihre Nachtruhe. Mona schätzte, dass dieses Ferienhaus Platz für insgesamt sechs Gäste bot. Dass dieses Urlaubsquartier zur gehobenen Kategorie gehörte, hatten die Kommissare ja schon bei ihrem vorherigen Besuch festgestellt. Mona lauschte an der Zimmertür, dann drückte sie vorsichtig die Klinke herunter. Sie öffnete langsam die Tür. Irgendwo im Haus fand ein Wortwechsel statt, zwischen einer weiblichen und einer männlichen Stimme. Der Kommissarin fiel ein Stein vom Herzen – also befand sich Viktoria Enders nicht in unmittelbarer Lebensgefahr. Die entscheidende Frage lautete nun, ob zwischen der Witwe und Keas Ehemann ein Techtelmechtel stattfand oder sie von ihm bedroht wurde. Leider konnte die Kommissarin nicht verstehen, was gesprochen wurde. Sie trat auf den Flur hinaus. Viktoria Enders und Lennard Beck befanden sich offenbar im Erdgeschoss – und zwar hinter einer geschlossenen Zimmertür, andernfalls wären ihre Stimmen besser zu verstehen gewesen. Mona schlich die Treppe hinunter und verharrte kurz am unteren Ende. Die Tür zum Wohnsalon stand halb offen, dort konnten sich die beiden nicht befinden. Sie eilte auf Zehenspitzen zur Eingangstür und machte sie auf. Enno stand vor Mona und warf ihr einen fragenden Blick zu. Sie legte ihren Zeigefinger an ihre Lippen und forderte ihn mit einer Geste auf, ihr zu folgen. Der Oberkommissar kam ins Haus und schloss die Tür beinahe geräuschlos. Für einen so großen und schweren Mann konnte er sich bemerkenswert leise bewegen. Die Ermittler erreichten wenig später die geschlossene Küchentür. Nun waren sie nahe genug, um hören zu können, was in dem Raum gesprochen wurde.

»Ich weiß immer noch nicht, was Sie von mir wollen.«

Diesen Satz hatte ganz eindeutig Viktoria Enders ausgesprochen. Da sie Beck siezte und einen kühlen Ton anschlug, schloss Mona ein intimes Beisammensein der beiden Personen aus. Die Kommissarin fragte sich, ob die Witwe von Beck bedroht wurde oder nicht. Momentan hörte es sich nicht so an, als ob sie vor Angst zittern würde. Aber vielleicht verfügte sie auch einfach nur über eine besonders ausgeprägte Selbstbeherrschung. Dies würde jedenfalls zu dem Bild passen, das Mona von dieser Frau hatte. Viktoria Enders war in ihren Augen ein Mensch, der sich nicht die Butter vom Brot nehmen ließ. Nun ließ sich eine Männerstimme vernehmen. Die Kriminalistin hatte zwar bisher nur einmal mit Beck gesprochen, erkannte sein Organ aber trotzdem sofort wieder: »Ich finde, Sie haben lange genug um den heißen Brei herumgeredet, Frau Enders. Sie sollten mich nicht für einen Trottel halten. Es ist doch klar, dass Sie Ihren Mann umgelegt haben.«

Viktoria Enders lachte, aber sie klang nicht amüsiert: »Wie oft muss ich Ihnen noch sagen, dass Sie sich irren, Beck? Michael lebt schon lange nicht mehr. Dieser Kerl, den die Polizei gefunden hat, muss ein Doppelgänger von ihm sein.«

»Ein Doppelgänger? Ist das Ihr Ernst? Warum nicht gleich ein Android?«, höhnte Beck, »aber so ein menschenähnliches Maschinenwesen hätten Sie nicht mithilfe einer Fahrradspeiche kaltstellen können, vermute ich! Scherz beiseite: Ich will jetzt endlich wissen, warum Sie Ihren Gatten ins Jenseits befördert haben.«

»Wenn Sie mich wirklich für eine Mörderin halten, dann sollten Sie mich der Polizei übergeben – und mich nicht in meiner eigenen Küche an einen Stuhl fesseln.«

Nachdem dieser Satz gefallen war, berührte Mona Enno an der Schulter. Obwohl die Ermittler nicht sehen konnten, was hinter der Tür vor sich ging, hatten sie jetzt eine ungefähre Vorstellung von der Situation: Beck hielt die Witwe gefangen, schien ihr aber nichts angetan zu haben – noch nicht. Die Kommissarin konnte sich jedenfalls nicht vorstellen, dass Viktoria so spröde reagiert hätte, wenn sie verletzt gewesen wäre. Mona war drauf und dran, hineinzustürmen und Beck zu überwältigen. Doch ihr Kollege machte eine Handbewegung, die so viel bedeuten sollte wie: *Lass uns noch kurz warten, vielleicht erfahren wir noch ein paar wichtige Einzelheiten.*

»Polizei?«, wiederholte Beck lachend. »Sicher, *Dick und Doof* von der Borkumer Polente wären wahrscheinlich heilfroh, wenn sie diesen Fall abschließen könnten. Aber so läuft das nicht, Frau Enders. Bei mir ist

Ihr Geheimnis sicher. – Und Sie verraten mir jetzt endlich, was mich wirklich interessiert!«

Mona grinste breit. Es war schon öfter vorgekommen, dass Kriminelle sie und Enno mit dem klassischen Komikerduo Stan Laurel und Oliver Hardy verglichen hatten. Anfangs hatte sie dies als Beleidigung aufgefasst, doch inzwischen sah sie den nicht zu überschätzenden Vorteil: Wenn ein Ganove die beiden Ermittler nicht für voll nahm, ließ er sich umso einfacher von ihnen überführen. Und schaute dann meist ziemlich ernüchtert aus der Wäsche, wenn »Dick und Doof« ihm Handschellen anlegten.

»Sie meinen, wo Ihre Frau sich in der vorigen Nacht herumgetrieben hat?«

Diese Frage kam von Viktoria Enders. Sie klang genauso distanziert und emotionslos wie zuvor, was man von Beck nicht behaupten konnte: »Lassen Sie gefälligst Kea aus dem Spiel!«

Er hörte sich wütend an. Mona fragte sich, ob die Witwe den Bogen nicht überspannte. Die Kommissarin musste davon ausgehen, dass Beck bewaffnet war und Viktoria Enders ihm nicht entkommen konnte, da er sie an einen Stuhl gefesselt hatte. Die Kriminalistin stellte sich darauf ein, sofort eingreifen und die Gefahrensituation beenden zu müssen. Offenbar war Kea Beck nicht die ganze Nacht über bei ihrem Ehemann gewesen, was ihm selbst ebenfalls klar sein musste. Ob sie vielleicht doch die Mörderin war – und nicht Viktoria Enders? Verschloss Beck einfach die Augen vor der Realität? Es war, als ob die Witwe Monas Gedanken lesen konnte. Sie schlug in dieselbe Kerbe: »Woher wollen Sie eigentlich wissen, dass nicht Ihre Ehefrau die Täterin ist?«

»Weil … weil Kea keiner Fliege etwas zuleide tun könnte!«, stieß Beck grollend hervor.

»Und sie könnte natürlich auch niemals fremdgehen, nicht wahr?«

Viktoria Enders hatte diese Frage kaum gestellt, als Beck zornig aufschrie. Mona verließ sich in diesem Moment ganz auf ihre Diensterfahrung und ihre Menschenkenntnis. Sie konnte nicht länger warten, mit einer Kurzschlusshandlung des Täters musste jede Sekunde gerechnet werden. Genau wie Enno hatte sie ihre Pistole bereits gezogen. Sie stieß die Tür auf, im nächsten Moment richteten sie und ihr Kollege die Dienstwaffen auf Beck. Er öffnete den Mund und starrte die beiden so ungläubig an, als ob ihm plötzlich Geister erschienen wären. Beck hielt ein Steakmesser in der Hand, die an einen Stuhl gefesselte Witwe saß nur wenige Schritte von ihm entfernt. Noch war die Gefahr für ihr Leben nicht abgewendet. Wieder einmal hoffte Mona, ihre Pistole nicht abfeuern zu müssen. Aber der Verdächtige sollte ruhig glauben, dass sie es tun würde.

»Lassen Sie das Messer fallen, Beck!«, rief sie gellend. »Machen Sie sich nicht unglücklich!«

Das plötzliche Erscheinen der Kommissare hatte den Täter erbleichen lassen. Er schien in eine Art Schockstarre gefallen zu sein.

»Was immer Sie vorhatten – es wird nicht funktionieren«, erklärte Enno ruhig, aber eindringlich. »Wenn Sie sich jetzt festnehmen lassen, kann es noch glimpflich für Sie ausgehen. Aber wenn Sie uns angreifen, wird Ihre Strafe wesentlich härter ausfallen.«

Mona wusste nicht, ob ihr Kollege mit seinen Worten zu Beck durchdringen konnte. Es sah ganz danach aus, denn einige Sekunden später lag das Messer auf dem Boden. Sie trat vor und kickte es in eine entfernte Ecke, wo es keinen Schaden anrichten konnte. Dann hielt die Kommissarin den Verdächtigen in Schach, während der Oberkommissar Beck nach weiteren Waffen und gefährlichen Gegenständen durchsuchte. Aber er hatte nichts bei sich, womit er den Beamten hätte schaden können. Enno sagte: »Wir verhaften Sie wegen des dringenden Verdachts auf Geiselnahme und Freiheitsberaubung. Sie müssen sich nicht selbst belasten, haben das Recht zu schweigen und können einen Anwalt hinzuziehen.«

Während der Ostfriese Beck über seine Rechte belehrte und ihm Handschellen anlegte, schob die Kommissarin ihre Pistole ins Holster zurück und begann damit, die Witwe von ihren Fesseln zu befreien. Beck hatte sie mit einer Wäscheleine am Stuhl festgebunden. Mona wandte sich an Enno: »Könntest du bitte den Kollegen Entwarnung geben und den Herrn schon mal zur Wache bringen? Ich kümmere mich inzwischen um Frau Enders. Der Oberkommissar nickte, dann wandte er sich an Beck: »Los, Abmarsch!«

Kapitel 8

Nachdem sie mit Mona allein war, behielt Viktoria Enders ihre kühle und abweisende Art bei. Die Ermittlerin hatte schon einige Menschen erlebt, die in der Gewalt von Verbrechern gewesen waren. Manche von ihnen brachen vor Erleichterung in Tränen aus, nachdem sie befreit wurden. Andere wiederum versanken in trüber Stimmung und brachten kaum ein Wort über die Lippen. Die Witwe massierte lediglich ihre Handgelenke und sagte: »Es tut gut, sich wieder frei bewegen zu können. Ich danke Ihnen und Ihrem Kollegen für Ihr Erscheinen, Frau Sander. Aber ich glaube nicht, dass diese Witzfigur Beck eine echte Bedrohung darstellte. Er wollte lediglich ein wenig auf den Putz hauen, um sich als ein richtiger Mann fühlen zu können.«

Die scheint ja wirklich aus besonders hartem Holz geschnitzt zu sein, dachte Mona. Sie fragte: »Soll ich für Sie einen Arzt rufen?«

»Wozu das denn? Mache ich auf Sie einen angeschlagenen Eindruck?«

»Keineswegs, Frau Enders. Wenn Sie sich dazu in der Lage fühlen, würde ich gern mit Ihnen über die Lage sprechen, in der Sie sich bis vor wenigen Minuten befunden haben.«

Die Witwe zuckte mit den Schultern: »Natürlich, Sie müssen bestimmt einen Bericht schreiben. – Wollen wir zusammen einen Tee trinken?«

»Da sage ich nicht Nein«, erwiderte Mona. Sie beobachtete Viktoria Enders unauffällig, während diese Wasser in den Kessel laufen ließ und ihn auf das Ceranfeld des Herdes stellte. Die Witwe war mit einer langen weißen Baumwollhose und einer kurzärmligen bedruckten Bluse bekleidet. Die Kommissarin achtete auf die Körpersprache dieser Frau. Während vielen Menschen Lügen leicht über die Lippen kamen, verrieten ihre Gesten und Bewegungen meist unbewusst, wie sie sich wirklich fühlten. Jemand konnte sich mutig geben, während seine Atmung und seine Gangart große Angst ausdrückten. Mona hatte in ihrem Beruf gelernt, dies zu erkennen. Doch Viktoria Enders schien wirklich so entspannt zu sein, wie sie sich gab. Sie tat nun Tee in eine große bauchige Kanne mit dem traditionellen Blumenmuster. Das Service gehörte zur Küchenausstattung, wie man es in einem hochwertigen ostfriesischen Ferienhaus erwarten konnte.

»Waren Sie mit Beck verabredet gewesen?«, fragte die Kriminalistin direkt.

»Um Gottes willen, nein! Ich kannte diesen Clown gar nicht, als er vorhin an meiner Tür klingelte. ›Ich bin Kea Becks Ehemann‹ – Mit diesem Satz stellte er sich mir vor. Meine Erwiderung lautete: ›Das interessiert mich herzlich wenig‹. Danach wollte ich ihm die Tür vor der Nase zuknallen. Doch stattdessen zog er dieses Steakmesser aus seinem Hosenbund und bedrohte mich damit. Eigentlich ging ich nicht davon aus, dass er es wirklich benutzen würde. Andererseits weiß man nie so genau, wozu ein verzweifelter Verlierer sich hinreißen lässt, oder? Deshalb schrie ich nicht und unternahm auch keinen Fluchtversuch. Beck drängte mich in die Küche, auf dem Weg dorthin schnappte er sich im Hauswirtschaftsraum eine Wäscheleine und fesselte mich damit an einen Stuhl.«

Mona atmete tief durch und fragte: »Hat Beck Sie in irgendeiner Form körperlich belästigt oder verletzt?«

»Nein, er hat mich nur an den Stuhl gebunden. Ich hätte mich wehren können, aber ich wollte kein Risiko eingehen. Immerhin hatte er ein Messer, nicht wahr? Selbst so ein Trottel wie Beck hätte mir versehentlich eine tödliche Wunde zufügen können.«

»Sie reden ziemlich schlecht über ihn«, stellte die Kommissarin fest. »Ich kann verstehen, dass Sie wegen der Freiheitsberaubung sauer auf ihn sind. Aber was lässt Sie glauben, dass es um seine Intelligenz nicht zum Besten bestellt ist?«

Viktoria Enders hatte in der Zwischenzeit die Kanne vorgewärmt und goss nun heißes Wasser auf die starke Assam-Mischung. Die Witwe antwortete: »Wie gesagt – ich kannte Beck persönlich nicht, bevor er sich vorhin hier blicken ließ. Aber mein verstorbener Mann hatte mir öfter berichtet, wie Kea sich ihm an den Hals zu werfen versuchte. Das hat Michael mir erzählt, um mich zu erheitern. Wahrscheinlich wurde sein Ego auch dadurch gekitzelt, dass eine junge Frau sich für ihn entflammt hat. Um Becks Ehe kann es ja nicht gut stehen, was meinen Sie? Hätte Kea meinen Mann verführen wollen, wenn sie mit ihrem eigenen Kerl zufrieden gewesen wäre?«

Die Witwe servierte nun den Tee. Sie hatte ihn so gekocht, wie man es in Ostfriesland schätzte – nämlich stark. Kandis und Sahne durften natürlich auch nicht fehlen. Nachdem Mona sich eine Tasse eingegossen hatte, betonte sie: »Dazu kann ich nichts sagen, Frau Enders. Aber es wäre ja denkbar, dass Kea Beck nicht in Ihren Mann verknallt war, sondern ihn aus anderen Gründen verführen wollte – beispielsweise, weil sie sich davon Vorteile in der Kanzlei versprochen hätte.«

Die Witwe applaudierte: »Sehr gut, Frau Sander! Sie und ich hätten wahrscheinlich so berechnend gehandelt, aber ein naives Betthäschen wie Kea Beck ganz gewiss nicht!«

Viktoria Enders hielt nicht nur sich selbst, sondern auch Mona für eigennützige Biester? Nach Meinung der Kommissarin war dies eher ein zweifelhaftes Kompliment. Aber ein anderer Punkt erschien ihr wichtiger: »Wie kommen Sie zu diesem Urteil über Kea? Weil Ihr verstorbener Mann so über die Praktikantin gedacht hat?«

»Michael war wirklich kein Fan von Kea«, erwiderte die Witwe lächelnd, »aber ich konnte sie einmal selbst beobachten, wenn auch aus sicherer Entfernung. Einige Wochen vor dem Tod meines Mannes wollte ich ihn von der Kanzlei abholen. Wir waren im Café auf der gegenüberliegenden Straßenseite verabredet. Es wurde nicht gern gesehen, wenn Angehörige in die Büroräume stürmten. Jedenfalls verließ Michael pünktlich das Gebäude, als er von dieser jungen Frau verfolgt wurde. Er drehte sich abrupt zu ihr um und wollte sie wegschicken. Doch sie versuchte ihn weiterhin zu umgarnen, das konnte man an ihren Bewegungen deutlich erkennen. Ihr Kleid war übrigens ziemlich kurz, am Rande bemerkt. Schließlich machte sie ihm eine Szene, woraufhin Michael zum Handy griff. Ich dachte erst, er würde mich anrufen wollen. Doch er hatte offenbar die Polizei alarmiert, denn wenig später traf ein Streifenwagen ein. Ihre Kollegen kümmerten sich nun um diese Nervensäge, und mein Mann konnte endlich die Straße überqueren und zu mir kommen.«

»Ich verstehe – dank dieser Begegnung wussten Sie also, wie Kea Beck aussieht«, stellte Mona fest, »und woher war Ihnen bekannt, dass diese Frau in der Mordnacht allein unterwegs war? Das haben Sie zumindest zu Beck gesagt – ›Sie meinen, wo Ihre Frau sich in der vorigen Nacht herumgetrieben hat?‹ So lauteten Ihre exakten Worte, wenn ich mich richtig erinnere.«

Die Witwe erwiderte: »Sie haben uns belauscht, bevor Sie zu meiner Rettung hereingeplatzt sind! – Nun, das hätte ich an Ihrer Stelle wahrscheinlich genauso gemacht. Sie müssen schließlich den Mord an diesem unbekannten Toten aufklären.«

Mona hakte nach: »Sie haben mir noch nicht richtig geantwortet: Woher konnten Sie wissen, dass Kea Beck zur fraglichen Zeit nicht in Begleitung war?«

»Da habe ich mir zusammengereimt«, behauptete Viktoria Enders. »Kea scheint kein großes Interesse an Unternehmungen mit ihrem Ehemann und ihren Eltern zu haben.«

Mona tat so, als ob sie sich mit dieser fadenscheinigen Erklärung zufriedengeben würde.

Wenn wir erst einmal beweisen können, dass es sich bei dem Leichnam um Michael Enders handelt, wird dir deine herablassende Art schon noch vergehen, dachte die Kommissarin. Aber sie hielt sich mit einer Retourkutsche zurück, während Viktoria Enders fortfuhr: »Ich bin nach Borkum gereist, um zur Ruhe zu kommen und die Seele baumeln zu lassen. Hier kann man wunderbar entspannen. An dem Abend, bevor die Leiche gefunden wurde, saß ich auf der Promenade unweit der *Heimlichen Liebe* und schaute mir die vorbeiflanierenden Menschen, den Strand und die See an. Ich wartete auf den Sonnenuntergang, den finde ich hier immer besonders schön. Plötzlich erblickte ich Kea Beck. Sie trug das Haar offen, während sie es an dem Tag, als sie meinen Mann belästigte, hochgesteckt hatte. Trotzdem bin ich sicher, dass ich sie eindeutig erkannt habe.«

»Beruhte dies auf Gegenseitigkeit?«

»Sie meinen, ob Kea auch mich gesehen hat, Frau Sander? Das weiß ich nicht. Es kommt mir aber unwahrscheinlich vor. Ich saß auf einer der überdachten Ruhebänke. Und ich glaube nicht, dass sie in meine Richtung schaute. Kea schien es eilig zu haben, sie ging Richtung Südstrand. Und sie telefonierte. – Je länger ich darüber nachdenke, desto sicherer bin ich, dass sie mich nicht bemerkte.«

»Um welche Uhrzeit fand diese Begegnung statt?«, fragte die Ermittlerin.

»Das muss so zwischen 17 und 18 Uhr gewesen sein, wenn ich mich richtig erinnere. Ich kehrte ein wenig später mit dem Fahrrad zu meinem Ferienhaus zurück.«

Mona erwiderte: »Und dort erschien laut Ihrer Aussage Kea Beck einige Stunden später und machte Ihnen die Hölle heiß. – Wissen Sie, was ich nicht verstehe? Wie hätte Ihr Ehemann Kea anrufen können, wenn es sich doch bei dem Toten angeblich gar nicht um Michael Enders handelt?«

»Darüber sollten Sie mit Kea Beck sprechen, Frau Sander. Ich glaube immer noch, dass diese Frau nicht ganz bei Trost ist. Mich würde auch brennend interessieren, woher sie die Adresse meiner Urlaubsunterkunft hatte. Ich habe sie ihr jedenfalls nicht gegeben.«

»Das werde ich tun, keine Sorge«, gab die Ermittlerin zurück. »Und aus welchem Grund war Lennard Beck bei Ihnen?«

Die Kommissare hatten zwar diesen Teil des Gesprächs zwischen Viktoria Enders und Beck mitbekommen, doch Mona hoffte, dass die Witwe sich in Widersprüche verstricken würde. Doch dies geschah nicht: »Dieser Kerl unterstellte mir, dass ich meinen Mann getötet hätte! Ist das nicht absurd? Ich habe Michael geliebt, und er ist schon vor einem Jahr von mir gegangen. Warum hätte ich ihn umbringen sollen?«

»Wir werden herausfinden, was sich wirklich zugetragen hat«, versicherte Mona und warf der Witwe einen langen Blick zu. Viktoria Enders zeigte sich davon unbeeindruckt. Falls es sie unruhig machte, dass die Polizei sie ebenfalls ins Visier nahm, ließ sie es sich jedenfalls nicht anmerken. Dabei hätte die Kriminalistin schwören können, dass sich die Dinge in der Mordnacht ganz anders abgespielt hatten. Ein Detail war ihr jedenfalls nicht entgangen, aber das behielt sie wohlweislich momentan für sich. Sie erhob sich von dem Küchenstuhl, auf dem sie gesessen hatte: »Danke für den Tee, Frau Enders. Bitte kommen Sie morgen zur Wache, damit wir Ihre Aussage schriftlich zu Protokoll nehmen können.«

»Das versteht sich von selbst, ich will Beck schließlich anzeigen.«

»Freiheitsberaubung ist ein Offizialdelikt«, erklärte Mona, »daher werden wir es ohnehin von Amts wegen verfolgen. – Falls Sie von weiteren Verbrechen Kenntnis haben, sollten Sie uns dies natürlich mitteilen.«

»Von anderen Straftaten ist mir nichts bekannt«, behauptete die Witwe. Da sich Gegenteiliges noch nicht beweisen ließ, verabschiedete die Kommissarin sich zunächst. Sie trat auf die Johann-Calvin-Straße hinaus, griff zum Smartphone und rief Enno an: »Könntest du mich abholen? Ich bin noch am Tatort und habe keine Lust, bis zur Dienststelle zu laufen. Außerdem könnte ich zum Feierabend einen Absacker vertragen.«

»Ich bin in ein paar Minuten bei dir«, versprach der Ostfriese. Und tatsächlich dauerte es nicht lange, bis das Auto ohne Polizeimarkierung in der ruhigen Wohnstraße auftauchte. Mona hüpfte auf den Beifahrersitz.

»Du hast ja so gute Laune«, stellte ihr Kollege fest, »hat die Witwe ausgepackt?«

»Nee, die mauert immer noch. Trotzdem dürften unsere Ermittlungen vorankommen.«

»Inwiefern?«

»Du hast doch auch gehört, dass Beck über eine Fahrradspeiche sprach, mit der man einen Androiden wohl nicht ausschalten könnte. – Aber woher ist ihm bekannt, dass der Tote mit einem solchen Gegenstand umgebracht wurde? Wir haben es weder gegenüber den Althoffs noch bei Viktoria Enders erwähnt. Es handelt sich ganz klar um Täterwissen!«

Kapitel 9

Enno fuhr zum *Strandcafé Seeblick*. Vom Parkplatz aus mussten die Kommissare noch ein Stück weit durch die Dünen stapfen, wurden dann aber mit der Aussicht auf den weiten Strand und die Nordsee belohnt. Sie suchten sich einen freien Holztisch im Außenbereich. Er stand weit genug von den anderen Gästen entfernt, sodass sie sich weiterhin über ihre Ermittlungen unterhalten konnten. Der Oberkommissar bestellte ein Bier, Mona gönnte sich einen *Sanddorn-Spritz* – eine beliebte alkoholische Spezialität auf den ostfriesischen Inseln. Nachdem sie ihre Getränke bekommen hatten, sagte Enno: »Du sprichst von Täterwissen? Ich will nicht kleinkariert klingen, aber ich halte Beck nicht für den Mörder. Es wäre höchst unlogisch, wenn er Enders tötet und dann zu dessen Witwe geht, um ihr mit vorgehaltenem Messer ein Geständnis der Tat zu entlocken. Selbst wenn sie zugegeben hätte, Enders umgebracht zu haben – jedes Gericht auf der Welt würde ihr eine solche Aussage nicht abkaufen, weil sie unter Gewaltandrohung zustande kam. Trotzdem ist deine Beobachtung sehr wichtig. Ich muss gestehen, dass mir dieses Detail entgangen ist. Fest steht: Beck muss die Leiche gesehen haben, wie hätte er sonst von der Fahrradspeiche wissen können?«

Mona nahm einen Schluck von ihrem Drink und erwiderte: »Schon gut – wie du weißt, bin ich ebenfalls keine Freundin von Wortklauberei. Fassen wir zusammen, was wir an neuen Erkenntnissen über den Abend und die Nacht des Mordes wissen: Kea war zwischen 17 und 18 Uhr auf der Promenade unterwegs, in Richtung Südstrand. Das behauptet zumindest Viktoria Enders, wobei ich der Witwe nicht über den Weg traue. Aber nehmen wir einmal an, dass sie in diesem Punkt bei der Wahrheit geblieben ist. Hat Kea später jemanden getroffen? Schon möglich, aber gegen 20 Uhr erschien sie mit ihrer Familie in der *Nordsee Kajüte*, wo sie bis zu dem Streit blieb.«

Der Ostfriese ergänzte: »Noch steht nicht fest, wann das Beiboot wirklich verschwunden ist. Wir sollten uns dabei nicht auf die Aussagen der Althoffs verlassen. – Kommen wir jetzt zu Becks Rolle. Er entdeckt im Lauf der Nacht, dass seine Frau verschwunden ist. Er macht sich auf die Suche nach ihr – und entdeckt Enders' Leiche!«

»Beck könnte gewusst haben, dass Kea diesem Mann schöne Augen gemacht hat«, vermutete seine Kollegin, »aber wie hat Beck den Toten gefunden?«

»Das ist eine gute Frage, auf die ich schon eine mögliche Antwort habe«, behauptete Enno, »aber wir sollten das Ergebnis der kriminaltechnischen Untersuchung abwarten, bevor wir uns zu lange mit diesem Punkt aufhalten. – Kea war also zur möglichen Tatzeit nicht bei ihrem Ehemann. Er muss also befürchten, dass sie die Mörderin ist. Er kann sie nicht darauf ansprechen, denn in dem Fall würde sie sein Misstrauen bemerken. Also konzentriert Beck sich auf die aus seiner Sicht zweite Verdächtige, nämlich Viktoria Enders. Er will sich Gewissheit verschaffen und bedroht sie mit dem Messer, damit sie den Mord gesteht. Doch er beißt sich an ihrem Eispanzer sinnbildlich gesprochen die Zähne aus. Sie leugnet die Tat so lange, bis wir eingreifen und sie aus ihrer misslichen Lage befreien.«

»Hältst du denn Viktoria für die Mörderin ihres Mannes?«, fragte Mona den Oberkommissar.

»Ich bin mir noch nicht sicher«, musste er zugeben, »für die Zeit zwischen 22 Uhr und Mitternacht hat sie kein Alibi, könnte die Tat also durchaus begangen haben. Außerdem hat sie sich viel Mühe gegeben, uns gegenüber Kea als eine durchgeknallte Stalkerin darzustellen. Ob dieses Bild von der jungen Frau zutrifft, steht auf einem anderen Blatt.«

»Wir können diese Behauptungen aber zumindest teilweise überprüfen«, sagte die Kriminalistin. Sie berichtete ihrem Kollegen von dem Zwischenfall vor einem Jahr, der einen Polizeieinsatz ausgelöst haben sollte. Dann fügte sie hinzu: »Es könnte sich lohnen, im Hannoveraner Präsidium nachzufragen. Dann wüssten wir zumindest, ob die Witwe in dem Punkt die Wahrheit gesagt hat oder nicht.«

»Apropos: Hast du eine Idee, aus welchem Grund Viktoria Enders leugnet, dass es sich bei dem Toten um ihren Ehemann handelt? Sie kann sich doch denken, dass wir früher oder später die Wahrheit herausfinden werden. Oder glaubst du auch, dass wir es mit einem Doppelgänger zu tun haben?«

»Nee, und auch ein Android kommt wohl eher nicht infrage«, gab Mona lachend zurück. Sie fügte ernsthaft hinzu: »Frau Enders spielt auf Zeit. Sie kann immer noch behaupten, sich schlicht und einfach geirrt zu haben. Das würde ihr wohl niemand verübeln, zumal ich an dem Körper keine unveränderlichen Merkmale wie Narben oder Muttermale feststellen konnte, und Tätowierungen hatte er auch nicht.«

»Nachdem ich Beck zur Wache gebracht hatte, habe ich übrigens mit dem Ferienhausvermieter und mit dem Stegwart am Yachthafen telefoniert«, berichtete Enno und fügte hinzu: »Frau Enders bewohnt das

Haus seit dem 1. August, und die *Nagpur Lady* liegt seit dem 15. August im Hafen. Meiner Meinung nach lautet die entscheidende Frage: Aus welchem Grund ist Enders wieder aus der Versenkung aufgetaucht? Wenn wir darauf eine Antwort bekommen, dann sollten wir den Mord aufklären können.«

*

Am nächsten Morgen wachte Mona mit leichten Kopfschmerzen auf, obwohl es am Vorabend bei dem einen *Sanddorn-Spritz* geblieben war. Doch bei der üblichen Hunderunde mit ihrer geliebten Dogge Rufus verflog ihr Unwohlsein schnell. Nachdem sie den Rüden wieder bei Birte Moll abgeliefert hatte, die sich tagsüber um das Tier kümmerte, fuhr sie zur Polizeistation und traf dort gerade noch rechtzeitig zum Dienstbeginn ein.

»Gut, dass du jetzt erschienen bist«, meinte Enno, nachdem er sie begrüßt hatte, »Oltbeck hat nämlich schon nach dir gefragt. Wir sollen gleich mit ihm ins Rathaus gehen.«

»Mir schwant Übles. Wird dort die Pressekonferenz stattfinden?«, fragte die Kommissarin. Ihr Kollege nickte: »Ja, Oltbeck hofft auf Hinweise aus der Bevölkerung, nachdem die Journalisten dann ihre Artikel über den Fund eines Toten veröffentlicht haben.«

»Diese Erwartung ist berechtigt«, erwiderte Mona, »schließlich haben wir Saure-Gurken-Zeit. Da ist eine nackte Leiche wahrscheinlich ein gefundenes Fressen für die Schreiberlinge.«

»Halt dich bitte zurück«, warnte der Oberkommissar.

»Ich bin nicht scharf auf einen Anpfiff«, beteuerte sie, »ich sehe diesen Termin einfach als Zeitverschwendung an, während unsere eigene Arbeit liegenbleibt.«

»Manchmal bringt so eine Öffentlichkeitsfahndung ja auch neue Fakten ans Tageslicht«, gab Enno zurück. Die Kommissarin wusste, dass sie ihm seine Zuversicht niemals würde austreiben können. Also versuchte sie es gar nicht erst. Sie nahm sich fest vor, gute Miene zum ihrer Meinung nach überflüssigen Spiel zu machen. Daher setzte Mona ein Lächeln auf, obwohl ihr gar nicht danach zumute war. Der Chef stand bereits in den Startlöchern, als die beiden wenig später sein Büro betraten: »Da sind Sie ja! Gibt es seit gestern Nachmittag neue Erkenntnisse, von denen ich noch nichts weiß?«

»Wir haben nach wie vor mehrere verdächtige Personen und warten auf die Ergebnisse von Spurensicherung und Obduktion«, antwortete Enno. Oltbeck war anzusehen, dass dies nicht die Information war, die er sich gewünscht hatte.

»Nun gut, seit der Bluttat ist ja noch nicht viel Zeit vergangen«, sagte der Dienststellenleiter. »Darum ist es jetzt so wichtig, die Öffentlichkeit in unsere Fahndung einzubeziehen.«

Die Hoffnung stirbt zuletzt, dachte Mona. Gemeinsam mit dem Chef und Enno ging sie zum Borkumer Rathaus hinüber, das mehr Platz für eine Pressekonferenz bot als die Polizeiwache. Die drei Beamten nahmen an einem langen Tisch in einem kleinen Saal nebeneinander Platz. Ein Dutzend Stühle waren für die Medienvertreter aufgestellt worden. Der Termin sollte um zehn Uhr beginnen. Neben ostfriesischen Lokaljournalisten, die Mona vom Sehen und teilweise mit Namen kannte, betraten auch einige ihr unbekannte Reporter den Raum. Vermutlich waren sie mit dem Inselflieger oder der allerersten Fähre des Tages angereist. Alle mussten sich in eine Anwesenheitsliste eintragen. Als die Glocken der nahe gelegenen Kirche *Maria Meeresstern* die zehnte Stunde schlugen, waren fast alle Plätze belegt. Oltbeck räusperte sich und begann: »Moin, meine Damen und Herren. Ich bin Hauptkommissar Oltbeck von der Polizei Borkum, zu meiner Linken sitzt Kommissarin Sander, und der Herr auf der rechten Seite heißt Oberkommissar Moll. Ich möchte Ihnen zunächst die Fakten zu einem Verbrechen nennen, das sich vermutlich in der Nacht vom 21. auf den 22. August am Südstrand zugetragen hat ...«

Oder auf See, dachte Mona. Sie schaffte es aber ausnahmsweise, ihre Zunge im Zaum zu halten. Wenn sie ihren Chef vor den versammelten Medienvertretern korrigierte, konnte sie sich warm anziehen. Jedenfalls gab es keinen Beweis dafür, dass der Mann erst am Strand getötet worden war. Der Mord konnte sich ebenso im Boot auf dem Meer zugetragen haben. Abgesehen von dieser Ungenauigkeit musste die Kommissarin zugeben, dass ihr Vorgesetzter die Fakten fehlerfrei vortrug. Sie hatte ihn gebeten, das Detail mit der Fahrradspeiche unerwähnt zu lassen. Oltbeck schloss seine Ausführungen mit den Worten: »Sie dürfen uns nun Fragen stellen.«

Die Hände der Reporter schossen in die Höhe. Der Chef zeigte auf eine junge blonde Journalistin: »Frau Brannum vom *Friesenblatt* – Was möchten Sie wissen?«

»Es wurde gesagt, dass der Tote unbekleidet war. Suchen Sie im Nudistenmilieu nach dem Täter?«

Enno antwortete: »Wir ermitteln in alle Richtungen – aber wir gehen eher davon aus, dass die Person ausgezogen wurde, um Hinweise auf seine Identität zu beseitigen. Wie Sie vielleicht wissen, gibt es auf Borkum einen FKK-Strand. Der Leichnam wurde allerdings nicht dort gefunden, sondern am Südstrand. Aber wie gesagt, wir können nichts ausschließen.«

Als Nächster kam der Vertreter eines deutschlandweit tätigen Boulevardblattes an die Reihe.

»Trauen sich nach einem solchen brutalen Gemetzel die Touristen überhaupt noch aus ihren Quartieren?«, fragte er provokant. Diesmal reagierte Mona – und zwar so schnell, dass Oltbeck sie nicht mehr bremsen konnte: »Das wäre eine Schlagzeile nach Ihrem Geschmack, richtig? Aber wenn Sie den Ausführungen des Hauptkommissars zugehört hätten, dann wüssten Sie, dass es nur eine einzige Eintrittswunde gab, die dem Opfer vermutlich mit chirurgischer Präzision zugefügt wurde. Anzeichen für einen Kampf gab es nicht. Das klingt für mich nicht nach einem Blutbad. Aber wenn Sie Ihrer Fantasie freien Lauf lassen wollen, können wir Sie sowieso nicht daran hindern!«

Der Chef warf ihr einen unheilverkündenden Seitenblick zu. Enno versuchte zu retten, was noch zu retten war: »Meine Kollegin wollte zum Ausdruck bringen, dass für die Bevölkerung und die Urlauber nach unserem momentanen Ermittlungsstand keine Gefahr besteht. Die Hintergründe des Verbrechens scheinen im persönlichen Bereich zu liegen. Bitte haben Sie Verständnis dafür, dass wir momentan nicht mehr preisgeben können.«

Der Vertreter des Revolverblattes kam jetzt erst so richtig in Fahrt: »Wie kann der Mord eine persönliche Angelegenheit sein, wenn Sie noch nicht einmal den Namen des brutal abgeschlachteten Mannes kennen? Will die Polizei ihr eigenes Versagen unter den Teppich kehren?«

Oltbeck öffnete den Mund, ihm schien aber keine passende Antwort einzufallen. Mona hätte dem Reporter gern Kontra gegeben, hielt sich aber diesmal zurück. Sie schaute ihren Vorgesetzten an. *Du musstest ja unbedingt eine Pressekonferenz einberufen,* sagte sie in Gedanken zu ihm. Wieder war es der Oberkommissar, der die richtigen Worte fand: »Seien Sie versichert, dass wir unsere Arbeit sorgfältig machen. Wenn wir heute nicht alle Informationen offenlegen können, dann liegt es daran, dass wir den Mörder nicht entkommen lassen wollen.«

Die anderen Reporter reagierten mit Gelächter, und der Boulevardschreiber gab für den Moment klein bei. Oltbeck war erleichtert und deutete auf einen Journalisten, der genauso kahlköpfig war wie er selbst: »Sie haben das Wort, Herr, äh ...«

»Ich bin Nils Rahe, Chefreporter der *Norddeutschen Allgemeinen Zeitung*. – Meine Frage lautet: War das Mordopfer als Tourist hier auf Borkum oder gibt es einen anderen Grund für seinen Aufenthalt?«

Rahe saß in der ersten Stuhlreihe, daher hatte Mona ihn direkt im Blickfeld. Er war ein kräftiger Mann in den Vierzigern, entsprechend den aktuellen Sommertemperaturen trug er nur ein Polohemd mit kurzen Ärmeln, Jeans und Sneakers. Auch seine Kollegen hatten sich ausnahmslos für legere Freizeitkleidung entschieden, worüber die Kommissarin nicht verwundert war. Dieser Journalist zog aus einem anderen Grund ihr Interesse auf sich. Sie versuchte, ruhig und sachlich zu bleiben, während sie antwortete: »Diese Frage lässt sich gewiss beantworten, allerdings noch nicht zu dieser frühen Stunde. Es gibt auf unserer schönen Insel zahlreiche Übernachtungsmöglichkeiten, vom Luxushotel bis zum einfachen Privatquartier. Falls das Mordopfer hier ein Zimmer gemietet hatte, werden wir dies herausfinden – auch mithilfe Ihrer Berichterstattung über das Verbrechen. Bitte erwähnen Sie in Ihren Artikeln, dass die Polizei Borkum für sachdienliche Hinweise zu dem Opfer und den Umständen der Tat stets offen ist.«

Die schreiben doch sowieso, was sie wollen, dachte die Kriminalistin. Rahe machte sich Notizen, genau wie die meisten anderen Anwesenden. Einige setzten auch einfach nur ihre Diktiergeräte in Gang. Es kamen noch einige Fragen von anderen Medienschaffenden, die sich hauptsächlich auf das Alter und das Aussehen des Ermordeten bezogen. Schließlich beendete Oltbeck den Termin, indem er den angereisten Reportern für ihr Erscheinen dankte. Der Rückweg zur Wache verlief schweigend. Erst nach der Ankunft in seinem Büro machte der Chef seinem Herzen Luft: »Das ist ja gerade noch einmal gut gegangen, Frau Sander! Haben Sie zu heiß gebadet? Wie können Sie diesem Journalisten unterstellen, eine Skandalgeschichte konstruieren zu wollen?«

»Weil das die übliche Arbeitsweise seines Schmierblatts ist«, erwiderte die Kommissarin unbeeindruckt und fuhr schnell fort: »Ich kann verstehen, dass Sie sauer auf mich sind, Herr Oltbeck. Mir erschien die Pressekonferenz zunächst als unnötiger Schnickschnack. Inzwischen habe ich meine Meinung allerdings geändert und bin froh, dass Sie den Termin so schnell organisieren konnten.«

»Ach, wirklich?«, schnarrte Oltbeck. »Und wie kommt dieser Sinneswandel zustande?«

»Ganz einfach. – Heute saß ein gesuchter Krimineller zwischen den Medienleuten – und zwar jemand, der unser Mordopfer gut gekannt haben dürfte!«

Kapitel 10

Der Vorgesetzte starrte Mona so verblüfft an, als ob plötzlich anstelle der rotblonden Kommissarin ein Seehund auf seinem Besucherstuhl sitzen würde. Aber er hatte es schon öfter mit originellen Einfällen seiner Untergebenen zu tun gehabt. Daher gewann er schnell seine Fassung zurück: »Darf ich fragen, wie Sie zu dieser Annahme kommen?«

Auch Enno schien nicht zu wissen, worauf sie hinauswollte. Er warf ihr einen gespannt wirkenden Blick zu. Die Kommissarin erklärte: »Ungefähr zu der Zeit, als Michael Enders im vorigen Jahr angeblich einem Herzinfarkt erlag, verschwand auch ein gewisser Hugo Kolk spurlos. Laut den Hannoveraner Kollegen war Kolk – der übrigens als Schrotthändler arbeitete – genau wie Michael Enders in dunkle Geschäfte mit dem organisierten Verbrechen verwickelt. Ich habe außerdem den Verdacht, dass es eine Verbindung zwischen Kolk und Viktoria Enders gibt.«

»Und Sie sind der Meinung, dass dieser Kolk die Dreistigkeit besaß, heute als Journalist getarnt an einer polizeilichen Pressekonferenz teilzunehmen?«, vergewisserte der Chef sich. Die Fassungslosigkeit war seiner Stimme deutlich anzuhören. Mona zuckte mit den Schultern: »Schauen Sie sich seine elektronische Strafakte an. Dann werden Sie bemerken, worauf ich hinauswill.«

Oltbeck loggte sich in die Dienstdatenbanken ein und tippte den Namen Hugo Kolk in die Suchmaske. Mona und Enno umrundeten seinen Schreibtisch und schauten ihm über die Schulter. Er deutete auf die erkennungsdienstlichen Fotos des vorbestraften Ganoven und sagte: »Wollen Sie mich verkohlen, Frau Sander? Dieser Kerl hier hat uns heute niemals im Rathaus gegenübergesessen!«

»Die Bilder sind ja vor Jahren aufgenommen worden«, stellte die Kommissarin fest, »und nach einer Gesichtsoperation, mit farbigen Kontaktlinsen und zehn Kilo mehr auf den Rippen könnte es sich bei Kolk durchaus um den Reporter handeln, der sich Nils Rahe nennt. Er hat sich durch sein Tattoo verraten.«

Sie zeigte auf die Abbildung von der Tätowierung mit dem Hufeisen sowie den Initialen V und H.

»Ich habe das Tattoo auf seinem Unterarm ebenfalls bemerkt, aber es sieht ganz anders aus«, gab Enno zu bedenken. »Da ist ein Drache zu sehen, und außerdem irgendwelche Schnörkel oder Runen.«

»Ja, weil Kolk das ursprüngliche Motiv übertätowieren ließ«, gab Mona eifrig zurück, »so etwas nennt man *Cover up*. Dieser Kriminelle ist nicht dumm. Als er von der Bildfläche verschwand, muss ihm klar gewesen sein, dass bei der erkennungsdienstlichen Behandlung auch seine Tätowierung dokumentiert wurde. Also musste er sie entweder ganz verschwinden lassen oder verändern. Kolk hat sich für die zweite Möglichkeit entschieden. Ich erkenne, wenn eine Tätowierung nachträglich verändert wurde.«

Mona unterstrich ihren letzten Satz, indem sie den Ärmel ihres T-Shirts hochschob und ihr eigenes Tattoo zeigte, das sie auf dem rechten Oberarm hatte. Es stellte einen Löwenkopf dar. Oltbecks Gesichtsausdruck ließ sich unmöglich deuten. Er schien nicht zu wissen, was er von ihren Behauptungen halten sollte. Nach einem Moment der Stille sagte er: »Angenommen, Sie würden mit Ihren Vermutungen richtig liegen – aus welchem Grund sollte Kolk es riskieren, plötzlich wieder aufzutauchen, obwohl er immer noch auf der Fahndungsliste steht?«

»Das weiß ich nicht – noch nicht. Aber es hat gewiss etwas mit Enders oder dessen Witwe zu tun. Vielleicht sogar mit beiden.«

»Falls Frau Sander recht hat, müsste sich Kolks Tarnexistenz leicht durchschauen lassen«, warf Enno ein, »denn in dem Fall wird ihn bei der *Norddeutschen Allgemeinen Zeitung* niemand kennen. Es wird einen Grund geben, warum er sich bei der Pressekonferenz nach Enders' Quartier erkundigt hat – wahrscheinlich vermutet er dort etwas, das er unbedingt in seinen Besitz bringen will.«

Der Chef gab sich geschlagen: »Schön, dann enttarnen Sie diesen Reporter! Aber vernachlässigen Sie dabei nicht die eigentliche Mordermittlung. Kolk wird ja wohl kaum der Täter sein, oder? Und woher wusste er überhaupt von der Pressekonferenz?«

»Wahrscheinlich hat er die Kommunikation bei einer der Zeitungen *gehackt*, denen Sie eine Einladung geschickt haben«, vermutete die Kommissarin, »und falls er so etwas nicht selbst kann – solche ›Dienstleistungen‹ lassen sich heutzutage einkaufen. Dann brauchte er bloß noch die Nachrichten herauszufiltern, die mit den Stichworten *Borkum* und *Mord* versehen waren.«

Der Chef war nicht überzeugt: »Warum hätte Kolk so handeln sollen?«

»Da fallen mir verschiedene Möglichkeiten ein«, antwortete Mona, »am wahrscheinlichsten ist, dass er mit Enders auf Borkum verabredet war. Nachdem sein Kumpan nicht erschien und er ihn telefonisch nicht erreichen konnte, musste Kolk vom Schlimmsten ausgehen.«

»Weisen Sie nach, dass dieser Reporter Rahe unter falscher Flagge segelt, dann sehen wir weiter.«

Mit diesem Satz beendete Oltbeck die Besprechung.

»Immerhin hat er uns nicht die Köpfe abgerissen«, meinte Enno trocken, nachdem die Ermittler wieder in ihrem gemeinsamen Büro waren.

»Ja, man sollte die Dinge immer positiv betrachten«, erwiderte Mona augenzwinkernd. Sie griff zum Telefonhörer.

»Willst du bei der *Norddeutschen Allgemeinen Zeitung* anrufen?«

»Ja, das habe ich vor. Und es würde mich sehr wundern, wenn es dort einen Reporter oder freien Mitarbeiter namens Nils Rahe gäbe.«

Die Kommissarin nahm mit der Redaktion Kontakt auf. Zunächst gab man sich mit dem Verweis auf Datenschutz etwas schmallippig. Doch nachdem sie angedeutet hatte, dass eventuell ein gesuchter Krimineller die Tageszeitung für seine Tarnexistenz missbrauchte, verschaffte man Mona schnell Gewissheit: Eine Person mit diesem Namen arbeitete dort nicht und hatte es auch in der Vergangenheit nicht getan. Die Ermittlerin bedankte sich artig und versprach, die Zeitungsleute auf dem Laufenden zu halten. Enno hatte den Wortwechsel mitbekommen.

»Wir könnten Kolk sofort verhaften«, stellte er fest.

»Ja, aufgrund seiner Fingerabdrücke sollten wir seine Identität zweifelsfrei feststellen können«, sagte seine Kollegin, »aber vielleicht wäre es cleverer, ihn zunächst zu observieren. Ich tappe nach wie vor im Dunkeln, was das Mordmotiv angeht. Es wäre interessant zu wissen, ob er hier auf der Insel jemanden treffen will. Natürlich besteht auch die Möglichkeit, dass er mit der nächsten Fähre wieder abhaut. Lass uns doch erst einmal überprüfen, ob seine Mobilnummer überhaupt stimmt.«

Die Kommissarin hatte nämlich die Anwesenheitsliste abfotografiert, in die sich die Teilnehmer der Pressekonferenz eintragen mussten. Dabei sollten sie nicht nur ihren Namen und den ihres jeweiligen Mediums, sondern auch eine Telefonnummer zur Kontaktaufnahme angeben. Sie tippte die Zahlenfolge des angeblichen Reporters in die Suchmaske ihres Ortungsprogramms. Das Ergebnis ließ nicht lange auf sich warten: Das Smartphone befand sich nach wie vor auf Borkum, und zwar nicht weit von der Polizeistation.

»Kolk ist am Bahnhofspfad eingeloggt«, stellte Mona fest. »Vielleicht hat er sich ja bei Elske einquartiert.«

»Das würde uns in die Karten spielen, sie ist bekanntlich eine gute Beobachterin«, erwiderte der Ostfriese. Elske Fokken betrieb die kleine Frühstückspension *Oude Hus*. Die resolute Dame mit der streng wirkenden Dauerwellenfrisur war eine Schulkameradin von ihm. Ebenso wie Enno selbst auf der Nordseeinsel geboren und aufgewachsen. Es klopfte an der Tür, und gleich darauf betrat Aiske Berend das Büro.

»Moin! Ich wollte euch nur Bescheid geben, dass Lennard Beck nach wie vor die Aussage verweigert. Er hat Kontakt mit einem Strafverteidiger aufgenommen, der im Lauf des Nachmittags auf der Insel eintreffen wird«, sagte die Polizeimeisterin.

»Danke, Aiske«, gab Mona zurück. Nun war es Enno, der telefonierte. Das Gespräch dauerte nicht lang. Er legte den Hörer auf und lächelte seiner Kollegin zu: »Ich habe gerade mit dem Polizeipräsidium Hannover gesprochen. Den Einsatz, von dem die Witwe gestern berichtete, hat es nicht gegeben. Zumindest liegt keine Strafanzeige gegen Kea Beck wegen Nachstellung vor. Es kann natürlich auch sein, dass es bei einer mündlichen Verwarnung geblieben ist. Trotzdem hätte der Vorgang protokolliert werden müssen.«

»Wenn du mich fragst, dann ist diese Witwe eine ganz falsche Schlange«, meinte Mona, »je länger wir uns mit ihr befassen, desto verdächtiger wird sie mir.«

»Ruhig Blut«, mahnte Enno, »wir werden diese Dame mit unseren Vorwürfen konfrontieren, sobald wir genug gegen sie in der Hand haben.«

Die Kommissare beschlossen, zunächst bei der Touristeninformation sowie im *Oude Hus* vorbeizuschauen und dann zum Yachthafen zu fahren. Noch wussten sie nicht, ob Enders überhaupt eine Unterkunft auf der Insel gebucht hatte, bevor er aus dem Leben gerissen wurde. Aber falls es solch ein Urlaubsquartier gab, würden sie dort vielleicht Hinweise auf seinen Aufenthalt und seine Ermordung finden. Da jeder Tourist auf Borkum einen Gästebeitrag zahlen musste, lagen ihre Namen und Ferienadressen bei der Touristeninformation vor. Die Kommissare waren von den dortigen Mitarbeitern schon oft bei ihren Ermittlungen unterstützt worden. Unter dem Namen Michael Enders gab es keine Buchung, worüber Mona sich nicht wunderte – immerhin sollte er seit einem Jahr tot sein. Die Kriminalisten bekamen eine Liste von allein reisenden männlichen Personen, die sich momentan auf der Insel befanden. Es waren 72 Namen, den Ermittlern stand also eine Menge Arbeit bevor.

»Ich bin gespannt, was Kea Beck uns zu sagen hat – nicht nur, was die Verhaftung ihres Ehemanns angeht«, meinte Enno, während sie aus dem Pavillon der Touristeninformation am Georg-Schütte-Platz hinaustraten und sich auf den kurzen Weg zum Bahnhofspfad machten.

»Vorausgesetzt, dass sie überhaupt mit uns redet«, gab die Kriminalistin zurück. Ihr war immer noch nicht klar, was für eine Rolle Kea Beck bei dem Mord spielte. Wenig später betraten die beiden das *Oude Hus*. Die gemütliche Frühstückspension befand sich in einem alten Friesenhaus aus roten Ziegeln, machte also ihrem Namen alle Ehre. Enno musste sich beim Eintreten bücken, weil der Zweimetermann andernfalls mit dem Kopf gegen den Türsturz gestoßen wäre. Im Flur duftete es nach Kaffee und gebratenen Eiern. Die Frühstückszeit neigte sich allmählich dem Ende zu, und Elske Fokken räumte gemeinsam mit einer Saisonkraft das benutzte Geschirr ihrer Gäste im Speiseraum ab. Sie lächelte, als sie die Ermittler bemerkte.

»Moin, ihr beiden! Was kann ich heute für euch tun?«, fragte sie.

»Wir müssen uns ungestört mit dir unterhalten«, gab Enno leise zurück.

»Klar, kommt einfach mit.«

Die Pensionswirtin lotste die beiden in ihre Küche und schloss die Tür zum Speiseraum. Auf dem Tisch stand ein frisch gebackener Rosinenstollen, der sofort das Interesse des Oberkommissars auf sich zog. Elske hatte ihn durchschaut: »Für etwas Süßes wird ja wohl Zeit sein.«

Mona wusste aus Erfahrung, dass Widerstand zwecklos war. Und sie musste sich eingestehen, dass auch sie nichts gegen eine leckere Kostprobe von Elskes Backkünsten hatte. Und dass es dazu frischen Tee gab, musste nicht erwähnt werden – dies war in Ostfriesland selbstverständlich. Nachdem alle mit der starken Assam-Mischung versorgt waren und Enno genüsslich in das erste Stück Stollen biss, kam die Kommissarin zur Sache: »Es geht um deinen Gast Nils Rahe.«

»Der Herr hatte unverschämtes Glück. Er rief gestern Abend an und fragte, ob ich noch ein freies Zimmer hätte. Er kam heute Morgen, hat für eine Woche bar bezahlt, seine Reisetasche abgestellt und ist dann wieder verschwunden. Vor einer Stunde kehrte er zurück und hat sich ein spätes Frühstück gegönnt. – wieso, stimmt etwas nicht mit ihm?«

»Wir haben Grund zu der Annahme, dass es sich bei ihm um einen gesuchten Verbrecher handelt«, erklärte Enno, »und Nils Rahe ist vermutlich nicht sein richtiger Name.«

Die Kommissare wollten der Pensionswirtin reinen Wein einschenken. Es wäre unverantwortlich gewesen, sie über die Identität des Mannes im Unklaren zu lassen. Außerdem hatte Elske Fokken als gebürtige Inselfriesin gute Nerven und neigte nicht zu unberechenbarer Hysterie. Ihre Gesichtszüge verhärteten sich, sie erwiderte: »Ich verstehe. Wollt ihr ihn verhaften? Leider ist er ein paar Minuten, bevor ihr erschienen seid, wieder fortgegangen. Wenn ich über diesen Kerl Bescheid gewusst hätte, dann würde ich ihn aufgehalten haben.«

»Wir kümmern uns um ihn«, versicherte Mona, »aber es wäre gut, wenn wir einen Blick in sein Zimmer werfen dürften.«

Normalerweise hätten die Beamten dafür einen Durchsuchungsbeschluss benötigt, aber bei Gefahr im Verzug sah die Sache anders aus. Die Kommissarin glaubte nicht, dass Kolk auf die Insel gekommen war, um sich zu erholen. Er führte garantiert etwas im Schilde, und zwar nichts Gutes. Elske trank ihren Tee aus und stand auf: »Rahe – oder wie immer er heißen mag – hat Zimmer drei.«

Sie holte den Generalschlüssel aus der Tasche ihrer Kittelschürze und ging voran. Der Raum befand sich im Erdgeschoss, ganz hinten auf der linken Flurseite. Die Pensionswirtin schloss auf. Enno bat sie mit einer Geste, draußen zu warten. Genau wie seine Kollegin hatte er Latexhandschuhe übergezogen. Die Zimmer im Oude Hus waren einfach eingerichtet, aber sauber und gemütlich. Die Möblierung beschränkte sich bei den Einzelräumen auf ein Bett, einen Kleiderschrank, ein Nachtkästchen, einen kleinen Tisch sowie einen Stuhl. Die Wanddekoration bestand aus einer künstlerischen Fotografie, die den Alten Leuchtturm Borkums zeigte. Dies nahm die Ermittlerin nur im Vorbeigehen wahr. Das Bett war nicht benutzt, was nicht verwunderlich war. Mona interessierte sich ohnehin nur für den Schrank. Darin befand sich eine blaue Reisetasche. Die Kommissarin öffnete sie. Darin befanden sich mehrere Wäschestücke – und eine halb volle Schachtel mit Patronen des Kalibers 38. Sie zeigte Enno wortlos ihren Fund. Er presste die Lippen aufeinander und zog die Augenbrauen zusammen: »Ich veranlasse eine Fahndung.«

Der Oberkommissar griff zum Funkgerät und gab eine Personenbeschreibung von Kolk durch. Mona hatte auch auf ihrem Smartphone eine Ortungsapp. Sie tippte erneut die Nummer des

Verdächtigen ein. Das Ergebnis ließ nicht lange auf sich warten: »Dieser Trottel hat sein Handy nicht ausgeschaltet. Logisch – er weiß ja nicht, dass wir ihn verdächtigen. Kolk ist auf der Reedestraße in Richtung Yachthafen unterwegs!«

»Wetten, dass Kolk es auf die *Nagpur Lady* abgesehen hat?«, fragte Enno.

»Ich würde nicht dagegen halten.«

Während dieses Wortwechsels blieben die Kommissare natürlich nicht im *Oude Hus*, sondern eilten im Laufschritt zur Wache zurück, um ihren Dienstwagen zu holen. Mona vermutete, dass Kolk entweder mit einem eigenen Pkw oder mit einem Taxi Richtung Hafen unterwegs war. Enno stand weiterhin über Funk in Kontakt mit Grietje im Wachlokal. Momentan war leider kein Streifenwagen in der Nähe des Yachthafens im Einsatz. Nachdem die Ermittler in ihr Auto gestiegen waren, rief Mona Althoff an. Das Freizeichen ertönte mehrere Male, bevor er das Gespräch annahm.

»Ja, bitte?«

»Moin, hier spricht Kommissarin Sander von der Polizei Borkum. – Herr Althoff, sind momentan alle Ihre Familienmitglieder an Bord der Yacht?«

»Nein, mein Schwiegersohn fehlt. Wir können ihn auch telefonisch nicht erreichen. Ich war schon drauf und dran, Sie anzu ...«

Die Kriminalistin unterbrach ihn: »Entschuldigen Sie, aber Lennard Beck ist in Sicherheit. Ich habe jetzt keine Zeit für Erklärungen, aber Sie befinden sich in Gefahr. Es wäre am besten, wenn Sie sofort ablegen und den Hafen verlassen würden, bis ich Ihnen Entwarnung gebe.«

»Aber ich ...«

»Leinen los! Und zwar etwas plötzlich!«, rief sie und beendete das Telefonat. Wenn Althoff nicht auf sie hörte, konnte sie es auch nicht ändern. Enno lenkte den Wagen mit größtmöglicher Geschwindigkeit auf die Reedestraße, wobei er das Blaulicht, nicht aber die Sirene einsetzte. Kolk sollte schließlich nicht vorgewarnt werden.

»Ich hoffe, dass Althoff in die Gänge kommt«, murmelte Mona.

»Wenn ich so eine Ansage von dir erhalten hätte, würde ich sofort in See stechen«, versicherte der Oberkommissar schmunzelnd und fuhr ernsthaft fort: »Ich gehe mal nicht davon aus, dass Kolk revolverschwingend wie ein Cowboy den Yachthafen stürmen wird. Er hat sich mühsam eine Tarnexistenz geschaffen, warum sollte er diese aufgeben? Am wahrscheinlichsten ist es, dass er den Stegwart kontaktiert, sich als Freund oder Kollege von Althoff ausgibt und höflich nach dem Liegeplatz der Yacht fragt.«

»Das wäre zumindest nachvollziehbar«, erwiderte die Kommissarin. In Gedanken fügte sie hinzu: Leider handeln Ganoven nicht immer rational. Ihre Anspannung stieg, während das zivile Polizeifahrzeug sich dem Hafen näherte. Zum Glück hielt sich der Straßenverkehr in Grenzen, lediglich aus Richtung Autofähre fuhren etliche Pkws und einige Lastwagen auf der Gegenfahrbahn zum Ortskern der Insel.

»Da ist er!«, rief Mona aufgeregt. Auch Enno hatte nun Kolk entdeckt. Der Verdächtige schien noch nicht zu ahnen, dass er ins Visier der Polizei geraten war. Der vermeintliche Reporter bewegte sich langsam und suchend auf dem Pier. Der Liegeplatz der *Nagpur Lady* war verwaist, wie die Kommissarin erfreut feststellte. Also hatte Althoff auf sie gehört, wodurch die Arbeit für sie und Enno erheblich einfacher wurde. Das Letzte, was sie gebrauchen konnten, war eine Geiselnahme. Die Ermittler stiegen aus ihrem Wagen und näherten sich dem Verdächtigen in normalem Tempo. Noch schien Kolk nicht Lunte gerochen zu haben. Auf den anderen Segel- und Motorbooten befanden sich unbeteiligte Menschen. Vermutlich hatte Kolk eine Pistole oder einen Revolver bei sich. Falls er auf die Idee kam, sich den Weg freischießen zu wollen, konnten Zivilisten zu Schaden kommen. Abgesehen davon hatten die Kommissare ihre Schutzwesten nicht angelegt, wie es bei solchen riskanten Einsätzen eigentlich Vorschrift war. Aber dafür war einfach nicht genug Zeit gewesen. Monas Puls beschleunigte sich, als sie und ihr Kollege Kolk näherkamen. Er schien immer noch nach der Yacht Ausschau zu halten, aber nun bemerkte er die beiden. Der Verdächtige setzte ein Lächeln auf, das so falsch war wie ein Drei-Euro-Schein.

»So schnell sieht man sich wieder«, sagte er. Seine Worte waren unverfänglich – doch es war unübersehbar, wie seine Körperspannung anstieg. Kolk erinnerte Mona in diesem Moment an ein Raubtier, das kurz vor dem Sprung auf seine Beute steht.

»Ja, es gibt manchmal seltsame Begegnungen, Herr Rahe – oder soll ich Kolk sagen?!«, gab Mona zurück. Er kniff die Augen zusammen, seine Rechte zuckte zum Hosenbund. Dort steckte vermutlich seine Waffe. Doch mit einer solchen Reaktion hatten die Kommissare gerechnet. Bevor er die Polizisten bedrohen konnte, hatten die beiden ihre Dienstpistolen gezogen und auf ihn gerichtet.

»Nehmen Sie die Hände hoch!«, kommandierte Enno. Wenn es sein musste, konnte er sehr nachdrücklich wirken. Und Kolk schien zu begreifen, dass seine Chancen nicht gut standen. Einen Moment lang verharrte er, als ob er in Schockstarre verfallen wäre. Er glotzte erst Mona, dann ihren Kollegen, dann wieder die Kommissarin an. Sie hätte gern gewusst, was in diesem Augenblick in seinem Kopf vorging. Zögernd kam er der Anweisung des Oberkommissars nach. Mona hielt Kolk mit ihrer Pistole in Schach, während Enno sich dem Verdächtigen näherte und eine Glock 17 aus dem Hosenbund des Mannes zog. Die Pistole war unter dem T-Shirt verborgen gewesen, das er über der Jeans trug. Der Ostfriese nahm die Waffe an sich und durchsuchte Kolk nach weiteren gefährlichen Gegenständen, bevor er ihm Handschellen anlegte.

»Sie sind wegen illegalen Waffenbesitzes festgenommen«, sagte Enno und belehrte den Verdächtigen über seine Rechte. Dies war das einzige Delikt, das sie ihm momentan nachweisen konnten. Was die ursprüngliche Fahndung nach Kolk von vor einem Jahr anging, so waren die Hannoveraner Kollegen zweifellos besser im Bild. Mona wollte sie informieren, nachdem sich der Verdächtige in der Arrestzelle befand. Kolks Augen waren so glasig wie die eines gekochten Karpfens. Er schien erst jetzt so richtig zu realisieren, was ihm soeben widerfahren war.

»Ich bin hier nicht der Einzige, der eingesperrt gehört«, brachte er mit heiserer Stimme hervor. Durch diesen Satz wurde Monas Neugier erneut angeheizt. Doch der Pier war kein guter Ort für eine eingehende Befragung, denn natürlich war Kolks Festnahme nicht unbemerkt geblieben. Eine junge Frau hatte erschrocken aufgeschrien, als sie die Pistolen in den Händen der Kommissare bemerkte. Und einige Segler versuchten, mit ihren Handys zu filmen.

»Das hier ist eine polizeiliche Maßnahme!«, rief Mona mit beachtlicher Lautstärke. »Wenn Sie nicht den Ärger Ihres Lebens kriegen wollen, dann stecken Sie Ihre Smartphones ein!«

Sie wartete nicht ab, ob ihre Worte auf fruchtbaren Boden fielen. Stattdessen flitzte sie los, um den Wagen zu holen und ihn möglichst nah an das Ende des Stegs zu fahren. Enno folgte, indem er den Verdächtigen vor sich her schob. Wenig später nahm der Oberkommissar zusammen mit Kolk auf der Rückbank Platz, während Mona sich auf den Fahrersitz fallenließ. Diesen musste sie allerdings erst verstellen, weil sie sonst nicht an die Pedale gekommen wäre. Aber das kannte sie ja schon. Auf der Fahrt zur Wache hüllte der Ganove sich in Schweigen. Die Kommissarin warf einen Blick in den Rückspiegel und sagte: »Ihre Gesichtsoperation ist übrigens gelungen, Sie sehen viel besser aus als auf den alten erkennungsdienstlichen Fotos.«

»Wollen Sie mich anbaggern?«, fragte Kolk, wobei sich seine Lippen zu einem süßsauren Grinsen verzogen.

»Nee, das liegt mir fern. Ich wundere mich nur, dass Sie so lange auf Tauchstation waren und nun wieder auf der Bildfläche erscheinen.«

»Dafür gibt es eine halbe Million Gründe.«

Eine halbe Million? Bevor die Kriminalistin nachhaken konnte, warf Enno ein: »Da Sie Ihr Äußeres so stark verändert haben, werden wir Sie noch einmal erkennungsdienstlich behandeln müssen.«

»Kein Problem – ich werde jetzt wohl genügend Zeit haben«, erwiderte Kolk mit einem Anflug von Selbstironie. Er schien sich in sein Schicksal zu fügen. Mona hatte dies bei professionellen Verbrechern schon öfter beobachtet. Wenn sie erwischt worden waren, akzeptierten sie dies als ein unabänderliches Berufsrisiko. In der Polizeistation übergaben die Kommissare Kolk an Grietje mit der Bitte, ihn der üblichen erkennungsdienstlichen Prozedur zu unterziehen.

»Wenn es weiter nichts ist ...«, erwiderte sie mit ihrem üblichen Selbstbewusstsein. Dann wandte sie sich an Kolk: »Folgen Sie mir unauffällig!«

Kapitel 11

Mona rief Althoff an: »Ich wollte Ihnen Entwarnung geben. Die Person, von der eine Gefahr ausging, konnte von uns verhaftet werden.«

Die Verbindung war nicht besonders gut, dennoch konnte die Kommissarin den Yachtbesitzer einigermaßen verstehen. Borkum lag so weit vor der deutschen Küste, dass die Insel vom niederländischen Mobilfunknetz abgedeckt wurde.

»Was ist denn überhaupt geschehen?«, wollte Althoff wissen. »Ich habe einen Treibanker geworfen, wir liegen in Sichtweite der Fischerbalje.«

»Das werden wir Ihnen gleich in Ruhe erklären. – Sie können Ihren üblichen Liegeplatz wieder ansteuern, dort treffen wir uns gleich.«

Bevor Althoff auf ihre Worte eingehen konnte, beendete Mona das Telefonat.

»Heute geht es bei uns aber wirklich rund«, meinte Enno, als er wenig später wieder ins Auto stieg. Zuvor musste er allerdings den Sitz wieder passend für seine Größe einstellen.

»Allmählich bekommt die Sache Kontur«, vermutete die Kommissarin. »Nach Kolks geheimnisvoller Äußerung würde ich mich nicht wundern, wenn es um eine halbe Million Euro geht – oder meinetwegen um eine halbe Million Dollar, das organisierte Verbrechen ist ja international tätig.«

»Oltbeck würde jetzt sagen, dass du sehr viel Fantasie hast«, meinte der Oberkommissar schmunzelnd, und er fügte hinzu: »Aber ich bin ja nicht Oltbeck.«

»Dafür danke ich dem lieben Gott jeden Tag«, versicherte Mona treuherzig. Auf der neuerlichen Fahrt zum Hafen hingen die beiden ihren jeweiligen Gedanken nach. Als sie ihr Ziel erreicht hatten und ausstiegen, hatte die *Nagpur Lady* bereits wieder festgemacht. Althoff, seine Frau und seine Tochter standen auf dem Achterdeck und schauten die Kommissare erwartungsvoll an.

»Wissen Sie, wo Lennard ist?«, fragte Kea Beck, bevor die Ermittler auch nur *Moin* sagen konnten. Mona nickte und antwortete: »Ja, er sitzt in einer Arrestzelle der Polizeiwache.«

»Wenn das ein Scherz sein soll, kann ich nicht darüber lachen, Frau Sander«, schnarrte Althoff. Seine Tochter sagte momentan nichts, es hatte ihr offenbar die Sprache verschlagen. Enno erklärte: »Meine Kollegin hat es durchaus ernst gemeint. Wir mussten Herrn Beck gestern

Abend festnehmen, nachdem er Viktoria Enders gefesselt und mit einem Messer bedroht hatte.«

Diese Neuigkeit schien die Familie zu schocken. Entweder waren alle drei exzellente Schauspieler oder sie hatten wirklich nichts von Becks Vorhaben gewusst.

»Es kann sich nur um ein entsetzliches Missverständnis handeln«, behauptete Althoff, »Lennard wäre niemals zu so einer Tat fähig.«

»Wir haben die Situation jedenfalls nicht geträumt«, stellte Mona klar, »Herr Beck verweigert die Aussage und wollte auch nicht telefonieren – außer, um einen Strafverteidiger zu beauftragen.«

»Sie hätten uns schon viel früher kontaktieren müssen, Frau Sander!«, warf Kea ihr vor. Davon ließ die Kommissarin sich nicht beirren: »Wir haben mit unserer aktuellen Mordermittlung genug zu tun. – Mit Ihnen wollen wir ohnehin noch sprechen, Frau Beck – und zwar ohne Ihre Eltern.«

»Was soll das bedeuten?«, regte Althoff sich auf.

»Ihre Tochter ist entweder Zeugin oder Beschuldigte bei unseren aktuellen Nachforschungen«, erklärte Enno geduldig, »das wird sich gewiss im Lauf der Befragung herausstellen.«

Nun meldete sich erstmals Sophie Althoff zu Wort. Sie wandte sich an Kea: »Du hältst den Mund, diese Polizisten wollen dich nur hereinlegen!«

Althoff warf seiner Gattin einen erbosten Blick zu. Die ehrbare Fassade, mit der dieser Mann die Kommissare zum Narren halten wollte, begann dank Sophie zu bröckeln. Mona war Keas Mutter beinahe dankbar für ihren emotionalen Ausbruch. Die Ermittlerin reagierte gelassen: »Es steht Ihnen natürlich frei, die Aussage zu verweigern. – Interessiert es Sie eigentlich gar nicht, wen wir vor Kurzem hier auf dem Steg festgenommen haben?«

»Sie werden es uns garantiert gleich aufs Butterbrot schmieren!«, höhnte Althoff. Es gab nach Monas Meinung für seine Gereiztheit mehrere Gründe: Becks Alleingang, mit dem dessen Schwiegervater offenbar nicht gerechnet hatte, Sophies Gefühlsausbruch, der nicht zum Bild einer gesetzestreuen Familie passen wollte – und vor allem die Tatsache, dass Kea von den Kommissaren ins Gebet genommen werden sollte.

»Der Mann heißt Hugo Kolk«, sagte Enno, »er hat unter falschem Namen versucht, Informationen über unserer Mordermittlungen zu bekommen. Es gibt eine Verbindung zwischen ihm und Michael Enders. Der Name sagt Ihnen allen etwas, nehme ich an.«

»Selbstverständlich, meine Tochter hat ein Praktikum in der Anwaltskanzlei Sondermann, Wilke & Enders absolviert«, antwortete Althoff steif. Doch Mona hörte nicht auf ihn. Stattdessen beobachtete sie Kea. Bildete die Kommissarin sich dies nur ein – oder begannen die Augen der jungen Frau wirklich zu glänzen, als der Name Michael Enders fiel? Dies war natürlich noch kein Beweis dafür, dass sie den Mann *nicht* getötet hatte. Aber die Ermittlerin hätte schwören können, dass Kea mehr wusste, als sie bisher preisgegeben hatte. Mona hatte eine Idee, wie sie diese Frau der Lüge überführen konnte. Dies konnte sie jetzt – in Gegenwart von Kea und ihren Eltern – natürlich noch nicht verraten.

»Ich werde Ihre Fragen beantworten«, sagte Kea mit fester Stimme. »Ich habe nichts zu verbergen.«

Weder ihre Mutter noch ihr Vater schienen von dieser Ankündigung begeistert zu sein. Doch sie begriffen anscheinend, dass weiteres Sträuben die Tochter nur noch stärker in Schwierigkeiten bringen würde.

»Du verlangst aber bitte sofort einen Anwalt, wenn du dich unwohl zu fühlen beginnst«, forderte Sophie Althoff eindringlich. *In dem Fall wäre die Hilfe durch einen Arzt besser geeignet,* dachte Mona. Doch sie reagierte ausnahmsweise nicht impulsiv und hielt deshalb ihren Schnabel.

»Ich kann schon selbst auf mich achten«, versicherte Kea ihrer Mutter. Enno machte eine einladende Handbewegung: »Kommen Sie bitte – je eher wir miteinander sprechen, desto schneller sind Sie wieder bei Ihren Eltern.«

»Ich will auch mit Lennard reden!«, verlangte die junge Frau.

»Das wird momentan nicht möglich sein«, stellte Mona klar. Diese Antwort gefiel Kea offensichtlich nicht, aber sie folgte den Ermittlern, als diese von Bord gingen. Im Auto setzte die Kommissarin sich neben die Verdächtige auf den Rücksitz, nachdem sie Kea nach Waffen oder gefährlichen Gegenständen durchsucht hatte.

»Sie behandeln mich wie eine Schwerverbrecherin!«, beklagte Kea sich.

»Als wir Ihrem Ehemann in Viktoria Enders' Ferienhaus begegnet sind, hat er die Frau mit einem Steakmesser bedroht. Wir müssen uns vergewissern, dass dieses Verhalten nicht in der Familie liegt!«

Kea hatte Monas scharfzüngiger Bemerkung nichts entgegenzusetzen, jedenfalls hüllte sie sich auf der Fahrt zur Wache in Schweigen. Als Enno das Auto auf dem Hof der Polizeistation parkte, sagte seine Kollegin: »Ich muss noch etwas erledigen, es wird nicht lange dauern. Fängst du bitte mit der Befragung schon einmal an? Ich werde umgehend zu euch stoßen.«

Der Oberkommissar wirkte nicht allzu überrascht. Er kannte die quirlige Kriminalistin nun schon einige Jahre und war stets darauf gefasst, dass sie einen spontanen Einfall sofort in die Tat umsetzen musste. Sie wusste, dass er ihr vertraute. Und darum wäre ihr niemals in den Sinn gekommen, während der Dienstzeit private Dinge zu erledigen. Also führte Enno die Verdächtige in den Verhörraum, während Mona losflitzte. Sie benötigte nicht lange, bis ihre Vermutung zur Gewissheit wurde. Nur zwanzig Minuten später betrat sie den Raum, in dem sich außer einem Tisch und mehreren Stühlen keine Einrichtungsgegenstände befanden. Mona nahm neben Enno Platz, wobei sie versuchte, ein geheimnisvoll wirkendes Lächeln aufzusetzen. Er schaute sie an und berichtete: »Frau Beck hat gerade ausgesagt, dass Enders sie während ihres Praktikums in der Rechtsanwaltskanzlei belästigt hätte. Sie versuchte, ihm aus dem Weg zu gehen. Als er dann durch einen Herzinfarkt starb, hatte sich das Problem von selbst erledigt. Dennoch verfolgte Enders sie in ihre Träume. Frau Beck war laut eigenen Angaben in einem psychischen Ausnahmezustand, als sie nachts bei Frau Enders klingelte.«

Kea, die dem Oberkommissar gegenübersaß, nickte. Sie hatte die Hände auf der Tischplatte gefaltet und bemühte sich offensichtlich, ernsthaft und kooperativ zu wirken. Trotzdem glaubte Mona ihr kein Wort. Die Kommissarin fragte: »Und woher hatten Sie Frau Enders' Urlaubsadresse auf Borkum? Ist die Ihnen auch in Ihren Träumen erschienen?«

»Den ironischen Ton können Sie sich sparen, Frau Sander! – Ich habe an dem Abend einen Anruf erhalten, der mich völlig aus der Bahn geworfen hat. Die Stimme eines Mannes, die sich wie die von Herrn Enders anhörte, nannte mir diese Anschrift. Ich wusste ja eigentlich, dass er nicht mehr lebte. Aber es war, als ob ich plötzlich zu einer

Marionette geworden wäre und keinen eigenen Willen mehr hätte. Also nahm ich mir ein Taxi und fuhr dorthin.«

»War Viktoria Enders Ihnen bekannt?«, wollte die Kommissarin wissen.

»Nicht persönlich. Aber auf seinem Schreibtisch in der Kanzlei stand ein gerahmtes Foto seiner Gattin«, lautete die Antwort. Mona sagte: »Ein gerahmtes Foto, soso. – Um das noch einmal klarzustellen: Sie sind also Michael Enders während der Nacht vom 21. auf den 22. August nicht persönlich begegnet?«

»Natürlich nicht!«, beteuerte Kea Beck. »Ich musste ja davon ausgehen, dass er schon seit einem Jahr nicht mehr lebt.«

Bevor Mona etwas sagen konnte, hakte Enno ein: »Worum drehte sich eigentlich die Auseinandersetzung in der *Nordsee Kajüte*, nach der Sie das Lokal verlassen hatten? Zeugen haben ausgesagt, dass es einen Zwist gab.«

Kea erwiderte: »Mein Mann und meine Eltern hatten natürlich mitbekommen, dass ich unter Albträumen litt. So etwas kann man schlecht verbergen, wenn man auf einer Yacht auf engstem Raum zusammenlebt. Sie wollten mich dazu bewegen, einen Nervenarzt aufzusuchen. Aber ich bin doch nicht verrückt! Außerdem verstehen sie nicht, dass ich bei der momentanen Belastung durch mein Jurastudium keine Zeit für eine Psychotherapie habe. Ein Wort gab das andere, und schließlich sprang ich auf und lief hinaus. Und ich bin nur zu der Adresse gefahren, um diesen Anruf aus dem Kopf zu bekommen. Als dann tatsächlich Viktoria Enders vor mir stand, war ich geschockt. Da muss ich wohl ein wenig die Nerven verloren haben. Ich wusste nicht mehr, was ich denken sollte.«

»Dafür sehe ich umso klarer: Sie wollen uns einen gewaltigen Bären aufbinden!«, sagte Mona scharf, »und das ist bei einer Mordermittlung alles andere als klug!«

Die Verdächtige öffnete den Mund, aber die Kriminalistin redete einfach weiter: »Haben Sie gar nicht gerätselt, warum ich erst später zur Befragung gestoßen bin? – In dem Boot am Südstrand fanden wir neben der Leiche auch einige Glassplitter, die zu einem Champagnerkelch gehört haben könnten. Eine Polizeikollegin stellte außerdem eine leere Flasche mit Puffbrause in einem nahe gelegenen Abfalleimer sicher. Natürlich hätten wir Sie auch um Ihre Fingerabdrücke bitten können, aber der Abgleich würde Zeit in Anspruch nehmen. Und Geduld ist nicht meine stärkste Charaktereigenschaft. Also dachte ich mir, dass eine so exklusive Champagnermarke auf Borkum nur von wenigen Einzelhandelsgeschäften geführt wird. Wir sind hier schließlich nicht auf Sylt. Also klapperte ich schnell die drei Getränkeläden ab, die mir auf Anhieb in dem Zusammenhang einfielen. Zum Glück befinden sie sich alle im Ortskern. Und – große Überraschung – eine Verkäuferin erinnerte sich an eine Kundin, die am 21. August genau diese exklusive Marke haben wollte. Und die Beschreibung der Person traf perfekt auf Sie zu.«

Mit dieser Neuigkeit hatte Kea offenbar nicht gerechnet. Sie stammelte: »Das beweist überhaupt nichts! Es gibt auf der Insel bestimmt viele junge Frauen, die mir ähnlich sehen.«

Enno redete ihr ins Gewissen: »Wollen Sie es wirklich darauf ankommen lassen, dass wir Ihre Fingerabdrücke und Ihre DNA mit den Spuren auf der Flasche und den Scherben abgleichen lassen? Wenn wir Ihnen dann eine Lüge nachweisen können, sieht es ganz düster für Sie aus.«

Die eindringlichen Worte des Oberkommissars und Monas Entdeckung einer Zeugin schienen auf Kea Eindruck gemacht zu haben. Sie schlürfte nachdenklich wirkend ihren Tee – Enno hatte natürlich eine Kanne des ostfriesischen Lebenselixiers gekocht, bevor er mit dem Verhör begonnen hatte. Auch er selbst und seine Kollegin tranken nun von der starken Assam-Mischung, während die Verdächtige sich zu sammeln schien. Kea atmete tief durch und sagte: »Also gut, ich bin Michael begegnet – aber ich habe ihn nicht getötet!«

»Am besten erzählen Sie die Geschichte vom Beginn an«, schlug Enno freundlich vor.

»Ja, aber wo genau fängt sie an, Herr Moll? Vielleicht bei meinem Praktikum in der Rechtsanwaltskanzlei im vorigen Jahr. Obwohl ich glücklich verheiratet bin, fühlte ich mich sofort zu Michael Enders stark hingezogen. Man könnte auch sagen: Ich verknallte mich Hals über Kopf in ihn!«

Mona hakte nach: »Also hat Enders Sie gar nicht bedrängt?«

»Nein – das habe ich mir ausgedacht, um eine Erklärung für diese Albträume zu erfinden. Ich schlafe nämlich eigentlich sehr gut. Natürlich war ich todtraurig über Michaels Herztod. Sie können sich vorstellen, wie erleichtert ich war, als er sich wenige Monate nach seiner ›Beerdigung‹ bei mir telefonisch meldete. Er beschwor mich, mit niemandem darüber zu reden, dass er noch am Leben sei – auch nicht mit meinen Eltern. Und natürlich erst recht nicht mit meinem Ehemann.«

»Sie hatten also während Ihres Praktikums ein Verhältnis mit Enders?«, vergewisserte sich die Kommissarin.

»Ich sollte mich deshalb vermutlich moralisch schuldig fühlen, aber das tue ich nicht«, murmelte Kea. Sie versuchte, trotzig zu wirken – aber ihre Wangen waren rot vor Scham.

»Seit wann standen Sie in Kontakt mit Enders?«

»Jetzt ungefähr seit einem Dreivierteljahr, Frau Sander. Ich telefonierte heimlich nachts mit ihm, dafür schaffte ich mir extra ein Zweithandy an. Natürlich fragte ich ihn, warum er seinen Tod vorgetäuscht hätte. Aber er wollte nicht mit der Sprache herausrücken. Michael meinte, dass ich zu meinem eigenen Schutz besser nicht zu viel wissen sollte.«

»Das ist nachvollziehbar, aber warum meldete er sich dann überhaupt wieder bei Ihnen?«, gab Enno zu bedenken. »Allein dadurch riskierte er doch, entdeckt zu werden – falls beispielsweise jemand Ihr zweites Handy gefunden hätte.«

Keas Augen leuchteten, als sie reagierte: »Michael sagte, dass er mich einfach nicht hatte vergessen können. Und für mich wollte er sogar sein Leben riskieren, denn er wurde offensichtlich bedroht. Irgendjemand muss ihn ja getötet haben, ich war es jedenfalls nicht.«

Tränen rannen über ihre Wangen. Für Mona stand fest, dass Kea sehr gefühlsbetont auf Enders reagierte. Dadurch wurde ihre Unschuld allerdings noch nicht bewiesen, es gab mehr als genug Verbrechen aus Leidenschaft.

»Haben Sie Ihrem Vater schmackhaft gemacht, mit der *Nagpur Lady* Borkum anzusteuern, um hier Enders zu treffen?«

»Nein, das war gar nicht nötig, Herr Moll. Als wir vor ungefähr einem Monat miteinander telefonierten, erwähnte ich die geplante Reise. Da sagte Michael: ›Ich werde auf Borkum sein, und ich würde dich sehr gern treffen‹. Natürlich freute ich mich darüber.«

»Hat Enders Ihnen mitgeteilt, aus welchem Grund er die Insel besuchen wollte?«, fragte Enno.

»Er sprach von einem Geschäft, mehr weiß ich nicht.«

War diese Angabe plausibel? Mona neigte dazu, Kea zu glauben. Enders hatte zweifellos sein Leben riskiert, indem er nach seinem inszenierten Tod wieder Kontakt mit der jungen Frau aufnahm. Er musste wohl wirklich etwas für sie empfunden haben. Natürlich musste sie das Treffen gegenüber ihrer Familie verschweigen. Oder waren die Althoffs und Beck bereits misstrauisch geworden?

»Was war die wahre Ursache für den Streit in der *Nordsee Kajüte*? Man wird Ihnen wohl keine Therapie nahegelegt haben, wenn es diese Albträume gar nicht gab, oder?«

Die Verdächtige murmelte: »Sie haben mich durchschaut, Frau Sander. – Ja, mein Vater muss gemerkt haben, dass ich seinen Schreibtisch auf der Yacht durchsucht habe. Er hat dort so einen alten Sekretär aus Mahagoniholz, in dem es ein Geheimfach geben soll. Papa warf mir vor, undankbar zu sein und nur an mich zu denken.«

»Wollen Sie diese Geschichte mit dem Juwelenraub noch einmal aufwärmen?«, fragte Mona ungeduldig. »Wir haben schon herausgefunden, dass dieser Fall längst zu den Akten gelegt wurde. Wahrscheinlich hat Ihr Vater die Holzpaneele selbst herausgebrochen.«

»Von dem Einbruch, den Papa Ihnen gemeldet hat, rede ich gar nicht«, stellte Kea klar. »Michael hatte mich gebeten, nach einem altmodischen Schlüssel aus Bronze zu suchen. So ein Exemplar habe ich bei meinem Vater noch nie gesehen, und das sagte ich Michael auch. Daraufhin meinte er, dass der Schlüssel wohl gut versteckt wäre. Ich erinnerte mich daran, dass der Sekretär an Bord angeblich eine verborgene Schublade haben soll. Ich konnte sie leider nicht finden.«

»Wollten Sie gar nicht wissen, wozu Enders diesen Schlüssel benötigte?«

Kea beantwortete Monas Frage mit einem Kopfschütteln und fügte hinzu: »Nein, er wird schon seine Gründe gehabt haben. Für mich wäre es ein Liebesbeweis gewesen, ihm diesen Schlüssel geben zu können. Leider habe ich das Geheimfach nicht gefunden. Ich bin wohl nicht gut in solchen Dingen.«

Auch in anderer Hinsicht ist bei dir noch Luft nach oben, dachte die Ermittlerin. Sie selbst konnte sich nicht vorstellen, dass sie für irgendeinen Mann ihren eigenen Papa bestehlen würde. Ganz abgesehen davon, dass Monas Vater nicht mehr lebte. Die Kommissarin konnte sich nur darüber wundern, wie weltfremd Kea Beck war. Ob dies an ihrer Jugend, ihrer Verliebtheit oder an beidem lag? Ennos Stimme riss sie aus ihren Überlegungen.

»Wie ging es dann auf Borkum weiter?«

Kea sagte: »Michael war bestimmt enttäuscht, er ließ sich aber am Telefon nichts anmerken. Er schlug mir vor, dass wir uns an der Fischerbalje treffen – und ich sollte mit dem Boot kommen.«

Mona horchte auf: »Also haben *Sie* das Beiboot der *Nagpur Lady* an sich genommen? Aber warum hat Ihr Vater dann bei uns Anzeige wegen Diebstahl erstattet?«

»Das schien für Papa die beste Lösung zu sein – damit die Versicherung bezahlt.«

Ob Althoff wirklich nicht wusste, dass sein Töchterchen das Boot benutzt hat?, fragte Mona sich. Sie hakte nach: »Wann genau war das?«

»Am 21. August, gegen 18 Uhr. – Meinen Eltern habe ich gesagt, dass ich ein wenig rudern will, um fitter zu werden. Sie hatten nichts dagegen, ich fahre regelmäßig mit dem Beiboot, wenn wir einen Yachttörn machen.«

Nach Monas Meinung war der Treffpunkt Fischerbalje gut gewählt – besonders, wenn Enders als Totgeglaubter möglichst wenigen Menschen begegnen wollte. Die Fischerbalje war ein Leuchtfeuer, das sich am Kopf des weit in die Nordsee ragenden Leitdamms befand. Es handelte sich zwar um ein bekanntes Wahrzeichen der Insel, trotzdem gingen nicht allzu viele Urlauber dorthin. Die meisten kannten die Fischerbalje nur vom Vorbeifahren, wenn sie über die Reling der Fähre schauten. Außerdem konnte man die Fischerbalje ebenso gut zu Fuß wie mit einem Boot erreichen. Aber wie war Enders selbst dorthin gelangt? Die Kommissarin stellte diese Frage einstweilen zurück, denn Kea erzählte nun weiter: »Ich hatte noch Champagner und Gläser besorgt, was länger dauerte, als ich gedacht hatte. Also war ich in Eile. An der Süderstraße nahm ich ein Taxi, um möglichst schnell zum Yachthafen zu kommen. Meine Eltern schöpften trotzdem keinen Verdacht, glaube ich.«

»Und Ihr Mann?«, wollte der Oberkommissar wissen.

»Lennard war irgendwo allein unterwegs. Er ist ein Eigenbrötler, aus dem man nicht unbedingt schlau wird. Und das sage ich als seine Ehefrau. Wir verstehen uns schon ganz gut, aber so intensiv wie mit Michael ist es mit Lennard nie.«

»Kamen Sie noch rechtzeitig zur Fischerbalje?«

»Ja, Frau Sander. Michael wartete schon auf mich. Er stieg zu mir ins Boot und übernahm das Rudern. Mein Herz klopfte bis zum Hals. Wir hatten monatelang nur telefoniert, nun saß er endlich leibhaftig vor mir. Wir küssten uns, und ...«

Mona fiel ihr ins Wort: »Wie war Enders bekleidet?«

»Er trug Herren-Shorts und ein weißes Hemd mit kurzen Ärmeln, außerdem braune Sneakers.«

»Wie ging es weiter?«, fragte Enno. Die Verdächtige antwortete: »Als wir den Südstrand erreichten, schlug ich vor, den Champagner zu trinken. Aber Michael meinte, dass zu viele Menschen am Strand vorbeikämen und wir im Boot wie auf dem Präsentierteller säßen. Also gingen wir mit der Flasche und einem Glas in die Dünen, wo wir eine abgelegene Mulde fanden. Wir tranken etwas und kamen uns näher, wenn Sie verstehen, was ich meine. Aber plötzlich ertönte eine Art metallisches Geräusch. Michael spähte über den Dünenkamm hinweg und rief mir zu, dass ich weglaufen sollte. Er würde mich später anrufen. – Ich spürte, dass es ernst war. Also raffte ich meine Kleider zusammen, rannte fort und zog mich schnell an. Ich wartete auf eine Nachricht von Michael, aber die kam nicht. Meine Eltern und Lennard wollten um 20 Uhr mit mir in die *Nordsee Kajüte* gehen. Das durfte ich nicht versäumen, sonst hätten sie mir zu viele Fragen gestellt. Ich schaffte es gerade noch rechtzeitig, wieder beim Yachthafen zu sein.«

»Wunderte sich niemand, wo das Beiboot abgeblieben war?«, erkundigte sich der Ostfriese.

»Doch, natürlich. Ich musste mir schnell eine Ausrede überlegen und behauptete, dass ich Kreislaufprobleme bekommen hätte und deshalb das Boot am Südstrand zurücklassen musste.«

»Warum sind Sie nicht mit dem Boot zurückgefahren?«

»Das ging nicht. Die Gefahr, vor der Michael mich warnte, kam aus Richtung Strand.«

Ob da bereits der Mörder aufgetaucht war? So war zumindest zu erklären, warum Enders unbekleidet gewesen war. Der Täter hatte ihn umbringen und dann später zum Boot schleifen und dort hineinlegen können. Es gab nur ein Detail, das der Kommissarin bei dieser Überlegung missfiel: »Sie sprachen von einem Glas. Was ist mit dem anderen?«

»Das ist leider schon im Boot zu Bruch gegangen. Wir haben die Scherben über Bord geworfen, um uns nicht zu verletzen.«

Aber nicht alle, dachte Mona. Sie sagte: »Ihrem Vater wird es nicht gefallen haben, dass das Beiboot ungesichert am Südstrand lag.«

»Natürlich nicht«, erwiderte Kea. »Er wollte es noch am selben Abend holen, obwohl ich angeboten hatte, es am nächsten Morgen zu tun. Es war eine Schnapsidee, bei Dunkelheit zum Yachthafen rudern zu wollen. Es gibt Untiefen und Strömungen – und Papa ist nicht mehr so fit, wie er es gern wäre. Ich war sowieso schon mit den Nerven am Ende, weil ich nicht wusste, wie es Michael ging. Bei meinen Anrufen sprang immer nur seine Mailbox an. Schließlich hielt ich es in dem Lokal nicht mehr aus. Nachdem ich mich mit meiner Familie gezankt hatte, fuhr ich zu Viktoria Enders.«

Enno wollte mehr wissen: »Woher kannten Sie ihre Ferienadresse? Und woher wussten Sie überhaupt, dass sie sich auf Borkum befand?«

»Michael hat es mir verraten. Er sagte: ›Meine Frau ist auch auf der Insel. Wer weiß, was sie plant‹. Ich fragte, ob er mit ihr Kontakt hätte. Darauf sagte er, dass er einmal bei ihr in der Johann-Calvin-Straße gewesen sei – aber zwischen ihnen würde nichts mehr laufen. Ich glaubte ihm.«

»Mir ist noch nicht klar, was Sie von Viktoria Enders wollten.«

»Können Sie sich das nicht denken, Frau Sander? Ich musste unbedingt erfahren, was in den Dünen geschehen war, nachdem ich von dort fliehen musste. Natürlich machte ich mir große Sorgen um Michael – das hätten Sie auch getan, wenn es um Ihren Freund gegangen wäre. Ich bin fest davon überzeugt, dass diese falsche Schlange Viktoria ihm etwas angetan hat. Also versuchte ich, sie zu einem Geständnis zu bewegen.«

»Dafür ist eigentlich die Polizei zuständig«, stellte die Kriminalistin trocken fest.

»Das weiß ich selbst!«, gab Kea heftig zurück. Etwas ruhiger fuhr sie fort: »Aber ich konnte doch keine Anzeige erstatten, denn Michael war ja offiziell immer noch tot. Wenn Sie ihn gefunden hätten, wären ihm sehr unangenehme Fragen gestellt worden.«

»Davon können Sie ausgehen«, sagte Mona. »Und es bringt nichts, länger um den heißen Brei herumzureden. Tatsache ist: Ihr Vater holte das Boot nicht vom Strand, sondern erstattete auf der Polizeistation eine Strafanzeige wegen Diebstahls. Warum hat er so gehandelt?«

Kea schaute die Kommissarin entgeistert an. Sie schien nicht mit dieser Frage gerechnet zu haben. Ihr Mund stand halb offen, ihre Brust hob und senkte sich schnell. Mona trommelte ungeduldig mit den Fingerspitzen auf die Tischplatte und starrte die Verdächtige so lange an, bis sie ihrem Blick auswich.

Aus dieser Nummer kommst du nicht mehr raus, sagte die Kriminalistin in Gedanken zu Kea.

»Papa sprach von einem Toten in den Dünen – und davon, dass es ihm besser erschien, das Boot als gestohlen zu melden«, flüsterte sie. »Als ich dies erfuhr, wusste ich, dass Michael nun wirklich nicht mehr lebt.«

Kapitel 12

Diese Neuigkeit musste Mona erst einmal sacken lassen. Während sie Keas Aussage in den Computer tippte, dachte sie über die soeben gehörten Informationen nach. Hatte also Beck seinen Rivalen auf dem Gewissen? Dass Keas Ehemann die Leiche zumindest gesehen hatte, wussten die Ermittler bereits. Dies bedeutete allerdings nicht, dass er mit dem Mord etwas zu tun haben musste. Zum Glück befand sich dieser Verdächtige bereits im Arrest. Ob er sich zur Sache äußern würde, nachdem er mit seinem Strafverteidiger gesprochen hatte, war eine ganz andere Frage. Durch Keas Aussage wurde Lennard Beck jedenfalls schwer belastet. Dies schien ihr auch bewusst zu sein. Als sie wenig später die ausgedruckten Protokollseiten überflog und ihre Unterschrift daruntersetzte, sagte sie: »Lennard könnte niemals einen Menschen töten. Ich weiß nicht, warum er Viktoria mit dem Messer bedroht hat. Er hätte es jedenfalls niemals eingesetzt.«

»Falls Ihr Gatte den Mord nicht begangen hat, muss er die Justiz auch nicht fürchten«, stellte Enno klar. »Für die Freiheitsberaubung wird er sich jedenfalls vor Gericht verantworten müssen.«

Kea wirkte nach der Befragung erschöpft und ausgebrannt.

»Ich werde Sie durch einen uniformierten Kollegen zum Yachthafen bringen lassen«, bot die Kommissarin an.

»Nein, danke. Ich werde jetzt erst ein wenig spazieren gehen, um den Kopf freizubekommen. Dann nehme ich den Bus oder die Kleinbahn für den Rückweg.«

Mit diesen Worten verließ sie die Wache. Gleich darauf sahen die Ermittler sie auf der Strandstraße Richtung Inselbahnhof verschwinden.

»Wir haben heute noch viel Arbeit vor uns«, stellte der Oberkommissar fest. »Wir sollten uns erst einmal stärken, später werden wir nicht mehr dazu kommen.«

»Das sehe ich genauso«, gab seine Kollegin zurück. Inzwischen war es schon Mittagszeit, und die Lokale und Imbisse der beliebten Ferieninsel füllten sich mit hungrigen Urlaubern und Einheimischen. Die beiden gingen zur Bismarckstraße hinüber und nahmen auf der Terrasse vor der *Black Pearl* Platz. Enno bestellte einen Mixed Grillteller, Mona gab einer Ofenkartoffel mit *Sour Cream* und Nordseekrabben den Vorzug. Während sie auf ihr Essen warteten, tranken sie alkoholfreies Bier und beobachteten die Menschen, die zwischen dem Inselbahnhof und der

Promenade hin und her strömten. Die Kommissare sprachen leise weiter über den Fall.

»Hat Kea uns eine glaubwürdige Schilderung der Mordnacht-Ereignisse geliefert?«, dachte der Ostfriese laut nach.

»Ich weiß es nicht«, musste sie zugeben. »Immerhin sind jetzt einige Fragen beantwortet: Der Bootsdiebstahl hat nicht stattgefunden, und Kea war immer noch völlig verschossen in Enders. Sie hätte für ihn sogar diesen geheimnisvollen Schlüssel geklaut – wenn sie nicht zu dämlich wäre, um das Geheimfach zu finden.«

»Sprich nicht so hart über sie«, mahnte Enno lächelnd. »Sie mag eine Ehebrecherin sein, aber ihr Bericht über das Techtelmechtel in den Dünen kommt mir realistisch vor. Es ist gut vorstellbar, dass Enders nach dem Liebesspiel sterben musste, bevor er sich wieder anziehen konnte. Der Mörder – oder die Mörderin – hatte die Fahrradspeiche dabei, um Enders ins Jenseits zu befördern. Wenn diese Mulde zwischen den Dünen wirklich nicht gut einsehbar war, dann konnte die Leiche dort bis zum Einbruch der Dunkelheit liegen bleiben. Danach konnte die Tatperson den Toten hinunter zum Strand schleifen und ihn ins Boot legen – um unseren Verdacht in Richtung Althoff zu lenken. Da der Yachtbesitzer damit rechnete, erstattete er Anzeige.«

»Und Beck ist also unser Hauptverdächtiger?«, fragte Mona zweifelnd.

»Wenn es nach Oltbeck geht, dann ganz gewiss«, lautete die Antwort. »Beck hat irgendwie seine Frau verfolgt und sie *in flagranti* mit Enders in den Dünen erwischt. Während Kea abhaut und ihren Mann nicht bemerkt, stürzt dieser sich auf Enders und bringt ihn um. Dann lässt er die Leiche zunächst liegen ...«

Die Kommissarin beendete seinen Satz: »Und schafft den Toten später ins Boot, damit der Verdacht auch ja auf seine Schwiegereltern, seine Frau und ihn selbst fällt? Nein, das ist Kokolores. Und überhaupt: Wenn Beck der Mörder ist – warum will er dann Viktoria Enders mit vorgehaltenem Messer zwingen, dass sie ihrerseits die Tat gesteht?«

Enno stellte klar: »Ich halte ja Keas Ehemann auch nicht für die Person, nach der wir suchen. Aber unser verehrter Chef wird anderer Meinung sein.«

»Ich möchte wissen, warum Enders so hinter diesem Schlüssel her war. Oder hat Kea diese Episode frei erfunden?«

»Warum hätte sie sich das ausdenken sollen, Mona? Wenn du mich fragst, dann hatten Althoff und Enders irgendwelche dunklen Geschäfte miteinander gemacht, vielleicht im Zusammenhang mit Geldwäsche.

Dazu würde übrigens auch Kolks Anspielung auf die ›500.000 Gründe‹ passen. Wir sollten uns diesen Herrn nach der Pause gleich mal zur Brust nehmen. Fest steht: Sowohl Enders als auch Kolk sind aus der Versenkung aufgetaucht und haben es in Kauf genommen, enttarnt zu werden. Wobei Kolk dank seiner gelungenen Gesichtsoperation das geringere Risiko eingegangen ist. Es muss für beide gute Gründe gegeben haben, so zu handeln.«

Zunächst wurde nun das Essen serviert, und die Ermittler ließen es sich schmecken. Nachdem sie aufgegessen und bezahlt hatten, kehrten sie zur Wache zurück. Enno bat Hinderk Ekhoff, Kolk in den Vernehmungsraum zu bringen. Bevor die Kommissare sich ebenfalls dorthin begeben konnten, klingelte Monas Telefon. Sie griff zum Hörer, meldete sich mit Namen und Dienstgrad. Oberkommissar Folkert aus Hannover war am Apparat: »Entschuldigen Sie bitte, dass ich mich erst jetzt melde, Frau Sander. – Es wird Sie gewiss interessieren, dass ich tatsächlich auf den Namen Matthias Althoff gestoßen bin. Dieser Herr steht in dringendem Verdacht, an Geldwäscheoperationen in großem Stil beteiligt zu sein. Ich musste mich erst mit den Fahndern vom Finanzamt kurzschließen, darum hat es so lange gedauert.«

»Ich vermute, dass die Beweise gegen diesen Herrn noch nicht ausreichen?«, fragte Mona.

»Damit haben Sie leider den Nagel auf den Kopf getroffen«, gab Folkert seufzend zu. »Er ist ein Mandant dieser verdächtigen Rechtsanwaltskanzlei, so viel steht fest. Das allein reicht natürlich nicht, um gegen ihn vorgehen zu können. Daher werden wir auch keinen Durchsuchungsbeschluss bekommen.«

»Ich will Ihnen nicht zu viel versprechen, aber wir können Althoff aktuell das Leben schwer machen, weil er uns bei einer Mordermittlung nachweisbar angelogen hat«, erwiderte die Kommissarin. Sie versprach dem Hannoveraner Kollegen, ihn weiterhin auf dem Laufenden zu halten und beendete das Telefonat. Enno hatte alles mitbekommen: »Du denkst an die Sache mit dem Boot, nicht wahr?«

»Selbstverständlich! Althoff meldet einen Diebstahl, der gar nicht stattgefunden hat – so etwas nenne ich Vortäuschen einer Straftat, oder? Ganz abgesehen davon, dass die ganze Sippschaft bereits von dem Toten wusste und sie uns die Unschuldsengel vorgespielt haben. Aber bevor wir uns die Althoffs noch einmal vorknöpfen, sollten wir uns um Kolk kümmern.«

Hinderk Ekhoff hatte den Ganoven inzwischen im Verhörraum platziert und ihn mit Tee versorgt. Kolk blickte auf, als die Ermittler hinzukamen: »Da sind Sie ja endlich!«

Enno stellte zunächst seine Kollegin und sich selbst vor. Dann wandte sich die Kommissarin an den Verdächtigen.

»Wir entschuldigen uns für die Verzögerung«, sagte Mona ironisch. »Uns war nicht bewusst, dass Sie noch einen wichtigen Termin haben.«

»Sehr lustig, Frau Sander. Und übrigens erwarte ich wirklich ein Gespräch – und zwar mit der Staatsanwaltschaft. Das, was ich zu sagen habe, liegt nämlich über Ihrer Gehaltsklasse.«

»Sie wollen also ein Geständnis ablegen?«, vergewisserte die Kriminalistin sich.

»Ja, aber nur vor einem Staatsanwalt. Nehmen Sie es nicht persönlich, aber Sie dürfen nicht über eine Herabsetzung meiner Strafe entscheiden.«

Das stimmte natürlich, und aus Kolks Sicht war es nur logisch, sich durch Kooperationsbereitschaft einen Vorteil zu verschaffen. Mona wandte sich an ihren Kollegen: »Frag doch bitte mal den Chef, ob die Staatsanwältin heute noch nach Borkum kommen kann.«

Enno zögerte, und sie fügte hinzu: »Mit diesem Herrn hier werde ich schon allein fertig.«

»Ich bin gleich wieder da.«

Mit diesen Worten erhob sich der Oberkommissar von seinem Stuhl und verließ den Raum. Mona konnte sich vorstellen, dass Oltbeck nur allzu gern Dr. Elisabeth Becker von der Staatsanwaltschaft in Emden zu einem Spontanbesuch der Insel überreden würde. Bei der Polizei Borkum war es ein offenes Geheimnis, dass der Dienststellenleiter für die junge Juristin schwärmte, die nicht nur intelligent und resolut, sondern auch attraktiv war. Die Kriminalistin wandte sich nun wieder an Kolk: »Wenn Sie ein paar große Fische des organisierten Verbrechens verpfeifen wollen, dann soll mir das nur recht sein. Aber wir haben hier den Mord an Michael Enders aufzuklären. Es wäre schön, wenn Sie uns dazu auch ein paar Informationen liefern könnten – sozusagen als Bonus und als Zeichen Ihres guten Willens.«

»Ich weiß nicht, wer Michael umgelegt hat. Ich war es jedenfalls nicht«, erwiderte Kolk.

»Dann können Sie mir bestimmt sagen, wo Sie am 21. August zwischen 22 Uhr und Mitternacht gewesen sind.«

»Ja, das kann ich tatsächlich. Da saß ich in einem Flugzeug auf dem Weg von Dublin nach Frankfurt. Sie können gern die Passagierliste überprüfen. Der Sitz ist zwar auf den Namen Nils Rahe gebucht, aber ich war ja trotzdem an Bord.«

Die Kommissarin notierte die Angaben, dann fragte sie: »Verraten Sie mir, warum Enders seinen Tod inszeniert hat?«

»Er war zu gierig und hat bei den Geldwäschegeschäften größere Summen für sich selbst abgezweigt. Mit den Auftraggebern ist nicht zu spaßen. Michael schien sich als Leiche sicherer zu fühlen.«

»Ich verstehe. Und warum sind Sie untergetaucht, Herr Kolk?«

Der Ganove antwortete grinsend: »Meine Weste ist auch nicht ganz weiß.«

»Davon bin ich überzeugt«, gab Mona trocken zurück. Sie fügte hinzu: »Was könnte Enders Ihrer Meinung nach auf Borkum gewollt haben?«

»Da bin ich überfragt.«

»Er wollte also seine Ehefrau nicht wiedersehen?«

Die Kommissarin hatte diese Frage möglichst beiläufig gestellt. Trotzdem war Kolks Reaktion bemerkenswert. Bisher hatte er sich betont entgegenkommend und beinahe geschäftsmäßig präsentiert. Nun aber blitzte für einen Moment Zorn in seinen Augen auf, und er verschränkte die Arme vor der Brust.

»Nee, das halte ich für ausgeschlossen! Er hat Viktoria schmählich im Stich gelassen, als er vor einem Jahr seinen Tod vortäuschte.«

»Sie kennen Frau Enders' Vornamen. Sind Sie enger mit ihr befreundet?«

Kolk ließ Monas Frage unbeantwortet. Nun kehrte Enno zurück und berichtete: »Oltbeck hat mit Frau Dr. Becker telefoniert. Sie will versuchen, einen Inselflieger zu erwischen und am späten Nachmittag auf Borkum einzutreffen.«

»Das ist doch eine gute Nachricht für Sie«, sagte die Kommissarin zu dem Kriminellen. »Ganz unter uns: War Viktoria so eine Art Jugendschwarm von Ihnen? Haben Sie sich wegen ihr dieses Motiv übertätowieren lassen?«

Sie zeigte auf seinen Unterarm. Wieder konnte die Ermittlerin an Kolks Gesichtsausdruck erkennen, dass sie ins Schwarze getroffen hatte.

»Ich musste das Tattoo ändern, weil Ihre Kollegen das ursprüngliche Bild fotografiert hatten. Natürlich hätte ich die Tätowierung auch ganz weglasern lassen können, aber das wollte ich nicht.«

»Und warum erschienen Sie als Reporter getarnt bei unserer Pressekonferenz?«, fragte Enno. »Sie müssen mit Enders oder dessen Ehefrau in Kontakt gestanden haben. Andernfalls hätten Sie gar nicht mitbekommen, dass er tot war – und diesmal wirklich und nicht nur vorgetäuscht.«

»Michael hat mich am 20. August angerufen. Er sagte, dass er ein hübsches Sümmchen in Aussicht hätte und dafür meine belgischen Kontakte benötigen würde. Michael wollte mich mit zehn Prozent beteiligen. ›Wie viel ist denn für dich ein *hübsches Sümmchen*?‹ Diese Frage stellte ich ihm. Er sprach von einer halben Million, wollte sich am Telefon aber nicht genauer äußern. Er sagte nur, dass Althoff ebenfalls auf der Insel sein würde. Auf jeden Fall war vorgesehen, dass wir uns auf Borkum treffen. Doch bevor ich losfuhr, nahm ich noch einmal Kontakt mit ihm auf. Das heißt, ich versuchte es. Aber sein Handy war ausgeschaltet. Bei normalen Leuten hat das wahrscheinlich nicht viel zu bedeuten, aber Kerle wie Michael und ich leben gefährlich. Ich hatte auch keine Adresse auf der Insel, wo ich ihn hätte erreichen können. Bei mir schrillten die Alarmsirenen, das können Sie mir glauben. Also begann ich damit, das Internet nach Meldungen über Borkum zu durchforsten. Da stieß ich auf ein Gerücht in den sozialen Medien über die Leiche eines Mannes Anfang vierzig, die am Strand gefunden wurde. Ich musste sofort an Michael denken. Ich wollte tiefer graben und ließ die *Norddeutsche Allgemeine Zeitung* hacken. So erfuhr ich von der Einladung zur Pressekonferenz.«

»Durch Ihr Erscheinen haben Sie einiges riskiert. Wenn ein echter Reporter dieses Blattes den Termin besucht hätte, wären Sie aufgeflogen.«

»Das stimmt, Herr Moll. Aber weil ich im internen Netzwerk der Zeitung gestöbert habe, wusste ich, dass sie niemanden hierher schicken konnten, weil alle infrage kommenden Journalisten an anderen Geschichten arbeiteten. Also beschloss ich, mich als Reporter zu versuchen.«

»Was hatten Sie vor?«, fragte Mona.

»Ich wollte herausfinden, wie viel die Polizei schon wusste. Und ich hoffte natürlich, mich in Michaels Urlaubsquartier umsehen zu können.«

»Und warum sind Sie mit einer Pistole in der Tasche zum Yachthafen gefahren?«, hakte die Kommissarin nach.

»Ich hatte irgendwo aufgeschnappt, dass Althoff eine Yacht besitzt. Also hielt ich es für eine gute Idee, ihn aufzusuchen und ein wenig auszuquetschen. Das hat ja nun leider nicht geklappt.«

»Nee, stattdessen sind Sie bei uns gelandet«, stellte Mona fest. »Was hatten Sie mit Althoff zu schaffen?«

»Eigentlich gar nichts. Er war ein Klient der Rechtsanwaltskanzlei Sondermann, Wilke & Enders, genau wie ich. – Und hier muss ich abbrechen, denn was ich noch zu sagen habe, ist ...«

»… eine Nummer zu groß für eine kleine Staatsdienerin wie mich, dass haben Sie uns zuvor schon unter die Nase gerieben«, gab die Kriminalistin gereizt zurück. »Beantworten Sie mir nur noch eine Frage: Was könnte es mit einem altmodischen Schlüssel aus Bronze auf sich haben, auf den Enders scharf war?«

»Ich habe keinen blassen Schimmer«, beteuerte Kolk. Mona kniff die Augen zusammen. Ob sie diese Behauptung glauben sollte? Der Ganove schien zu ahnen, was in ihr vorging. Er fügte hinzu: »Ehrlich, ich würde es Ihnen sagen, wenn ich es wüsste. Bei den Angelegenheiten, die ich mit der Staatsanwaltschaft besprechen will, geht es nicht um olle Schlüssel.«

»Na, wenn das so ist, wollen wir Ihre kostbare Zeit nicht länger in Anspruch nehmen«, spottete die Kriminalistin. »Sie werden jetzt in Ihre Zelle zurückgebracht, wo Sie bis zum Eintreffen von Frau Dr. Becker meditieren oder pennen oder sonst etwas machen können.«

»Hoffentlich finden Sie Michaels Mörder«, sagte Kolk, bevor Polizeimeister Hinderk Ekhoff ihn aus dem Raum führte.

»Was hältst du von dem Herzchen?«, fragte Enno lächelnd, nachdem die Tür von außen geschlossen wurde. Sie antwortete: »Kolk ist ein Mistkerl – aber professionell genug, um seine Chancen zu erkennen. Er will bei der Staatsanwältin seine Karten auf den Tisch legen, um möglichst glimpflich davonzukommen. An seiner Stelle würde ich es wahrscheinlich genauso machen. Zwei Dinge sind mir aufgefallen. Erstens: Wozu hätte Enders Kolks *belgische Kontakte* benötigt? Brauchte er die, um an das *hübsche Sümmchen* zu kommen? Und zweitens: Von dem Schlüssel schien Kolk wirklich nichts zu wissen.«

»Da nun feststeht, dass Althoff uns belogen hat, können wir vielleicht bei Frau Dr. Becker einen Durchsuchungsbeschluss für die *Nagpur Lady* erwirken«, schlug Enno vor. »Wenn die Staatsanwältin schon extra wegen Kolk nach Borkum kommt, dann dürfte sie dies keine große Extra-Mühe kosten.«

»Zumal dann nicht, wenn du sie freundlich darum bittest«, sagte Mona mit einem koketten Augenaufschlag. »Ich halte mich lieber zurück, mit meinem diplomatischen Fingerspitzengefühl ist es ja leider nicht weit her.«

»Dafür hast du andere Qualitäten«, versicherte der Oberkommissar. Mona zwinkerte ihm zu und ging nach vorn ins Wachlokal, wo sie sich an Grietje wandte: »Ich störe dich ja nur ungern beim Zocken auf dem Smartphone, aber gibt es schon Neuigkeiten von Becks Strafverteidiger?«

»Ich zocke nicht, ich arbeite«, behauptete die sommersprossige Polizistin. Allerdings gelang es ihr nicht sofort, den Ton ihres Spiels abzustellen. Sie drehte den Sound herunter und fuhr fort: »Ja, der Herr heißt Dr. Guido Gruber und hat telefonisch angekündigt, dass er uns gegen 18 Uhr mit seinem Besuch beehren wird. Also wird er wohl mit dem Katamaran kommen, der um 16.45 Uhr Emden verlässt – und dann vom Fährhafen hierher ein Taxi nehmen.«

Mona bedankte sich für die Auskunft und ging dann zum Chefbüro. Sie klopfte und trat ein.

»Haben Sie in Rasierwasser gebadet, Herr Oltbeck?«

Diese Bemerkung rutschte ihr heraus, weil sie von einer intensiv riechenden Wolke eines *Eau de Toilette* empfangen wurde. Ihr Vorgesetzter stand hinter seinem Schreibtisch, er hatte sich offenbar gerade mit einem Flacon dieses Duftwassers eingedieselt. Und seine Laune war so gut, dass er Mona ihre respektlose Frage nicht krummnahm: »Unsinn, Frau Sander! Ich habe mich nur ein wenig frisch gemacht, weil es heute so warm ist.«

Und weil du deine Lieblingsstaatsanwältin erwartest, dachte die Kommissarin. *Wenn du Haare auf dem Kopf hättest, würdest du dich wahrscheinlich auch noch sorgfältig kämmen.* Doch sie behielt diese Überlegungen wohlweislich für sich und bat lediglich darum, Frau Dr. Becker auch noch wegen des Durchsuchungsbeschlusses anzusprechen.

»Das wird sich gewiss machen lassen«, gab Oltbeck gönnerhaft zurück, »ich gebe Ihnen Bescheid, wenn die Staatsanwältin eingetroffen ist.«

»Rufen Sie mich bitte an – Herr Moll und ich sind erst einmal außer Haus. Wir wollen herausfinden, ob das Mordopfer auf der Insel eine Übernachtungsmöglichkeit hatte.«

»Tun Sie das«, gab ihr Vorgesetzter zurück. Mona war nicht sicher, ob er zugehört hatte. Wahrscheinlich fieberte er schon der Begegnung mit der Juristin entgegen.

Kapitel 13

»Ich bin eben noch kurz bei Romeo Oltbeck gewesen«, sagte Mona augenzwinkernd zu ihrem Kollegen, nachdem sie die Tür ihres Büros wieder verschlossen hatte.

»Das ist doch nur eine harmlose Schwärmerei, der Chef würde seine Frau niemals betrügen«, zeigte sich der Oberkommissar überzeugt.

»Und ich kann mir auch nicht vorstellen, dass Oltbeck in Frau Dr. Beckers Beuteschema passt«, gab seine Kollegin trocken zurück. Sie wechselte das Thema: »Wollen wir die Liste der allein reisenden Herren unter uns aufteilen? Andernfalls brauchen wir ewig, um alle zu überprüfen.«

Damit war der Ostfriese einverstanden. Beide hatten Fotos von Enders auf ihren Smartphones, um sie dem Personal oder den Inhabern der Beherbergungsbetriebe vorzulegen. Mona nahm sich die Hotels und Pensionen östlich der Bismarckstraße vor, Enno widmete sich der westlichen Seite. Die Ermittler machten sich zu Fuß auf den Weg. Zwar gab es Unterkünfte, die weiter weg vom Ortskern lagen – wie beispielsweise das *Dünenhotel* – aber die meisten Übernachtungsmöglichkeiten fand man doch in Strandnähe.

»Moin! Ist diese Person aktuell bei Ihnen zu Gast?«

Diesen Satz gab die Kommissarin jedes Mal von sich, wenn sie ein Hotel, eine Pension oder eine Privatunterkunft betrat und das Bild des Mordopfers zeigte. Sie war schon fast eine Stunde lang beschäftigt und klapperte unterschiedlichste Gästehäuser ab – bisher ergebnislos. Mona fragte sich, ob sie nicht einfach nur ihre Zeit verschwendete. Es gab keinen Hinweis darauf, dass Enders auf Borkum hatte übernachten wollen – allerdings sprach auch nichts dafür, dass er es *nicht* vorhatte. Sie dachte darüber nach, was sie von dem Ermordeten halten sollte. Eine Beziehung zwischen ihm und Kea Beck schien tatsächlich bestanden zu haben. Es kam der Ermittlerin allerdings so vor, als ob Enders die wenig erfahrene junge Frau nur ausgenutzt hatte. Zumindest, wenn es um ihre letzte Begegnung ging. Warum hatte er es so wichtig gefunden, dass sie den altmodischen Schlüssel für ihn suchte? Und wer hatte die traute Zweisamkeit in den Dünen so abrupt und endgültig zerstört? Mona hatte sich bis zum Engel'se Pad vorgearbeitet. Hier gab es das alte Friesenhaus von Tatje Willum. Die rüstige Kapitänswitwe vermietete nur ein einziges Privatzimmer. Die Kommissare waren vor Jahren einmal bei ihr gewesen, als sich ein Taschendieb bei ihr einquartiert hatte. Die Ermittler hatten ihn auf frischer Tat beim Klauen erwischt und in seinem Zimmer die Beute aus früheren Diebestaten sichergestellt. Im Fenster neben der Eingangstür hing ein Schild mit der Aufschrift ZIMMER BELEGT. *Dann bin ich wenigstens nicht völlig umsonst hier,* dachte Mona, während sie schellte. Es dauerte einige Augenblicke, bis ihr geöffnet wurde. Die Zimmervermieterin war eine sehr schlanke Dame in den Siebzigern, die ihr graues Haar zu einem langen Zopf geflochten trug.

»Moin, Frau Willum! Erinnern Sie sich noch an mich?«

»Natürlich, Frau Sander. Ab und zu sehe ich Sie und Herrn Moll ja im Ort, wahrscheinlich immer auf der Jagd nach Spitzbuben. – Hoffentlich habe ich mir nicht schon wieder so eine Laus in den Pelz gesetzt, mein aktueller Mieter ist nämlich seit Dienstagabend nicht heimgekommen!«

Der Dienstag war der 21. August gewesen.

»Und das fanden Sie nicht verdächtig?«, wunderte Mona sich. Frau Willum bat sie herein. Der älteren Frau war es sichtlich unangenehm, über dieses Thema zu sprechen: »Ich fand es schon seltsam, zumal das Frühstück doch im Preis inbegriffen war. Aber dann sagte ich mir, dass Herr Hansen wahrscheinlich eine Damenbekanntschaft gemacht hätte. Er war ja geschieden und wollte auf Borkum ein paar schöne Tage verbringen … Er ist der Tote vom Südstrand, richtig? Die ganze Insel spricht von nichts anderem.«

Das konnte Mona sich lebhaft vorstellen. Natürlich hatte die Nachricht von dem Leichenfund bereits die Runde gemacht und in den Online-Ausgaben der Tagespresse waren bereits die Informationen zu lesen, die bei der Pressekonferenz preisgegeben wurden. Und das waren nur die seriösen Medien. Wie üblich verbreitete jeder Wichtigtuer online seine eigenen Ansichten über den Mord, vorzugsweise ohne Kenntnis der Fakten. Die Kommissarin wandte sich an die Vermieterin: »Laut der Liste von der Touristeninformation heißt Ihr Gast Frank Hansen und hat Ihr Zimmer für eine Woche gebucht.«

»Ja, und seinen Gästebeitrag hat er gleich am ersten Tag zusammen mit der Miete bar im Voraus bezahlt«, sagte Frau Willum eifrig. »Wer hat ihn denn nun umgebracht?«

»So genau wissen wir das noch nicht«, murmelte die Kriminalistin, während sie ihr Smartphone aus der Tasche holte und ihren Kollegen anrief: »Ich bin bei Frau Willum, kommst du bitte her? Offenbar hatte Enders sich hier einquartiert.«

Noch fehlte der letzte Beweis, dass es sich bei dem Leichnam wirklich um Michael Enders und nicht um einen gewissen Frank Hansen handelte. Der Fingerabdruckvergleich lag bisher nicht vor.

»Bekomme ich jetzt Ärger?«, fragte die Zimmervermieterin ängstlich. Mona schüttelte den Kopf: »Nicht, wenn es nach mir geht. Was für einen Eindruck hatten Sie von Ihrem Gast?«

»Er war sehr sympathisch, freundlich und höflich.«

»Hat er sich nach jemandem erkundigt?«

»Nach einer Person nicht, Frau Sander. Aber er fragte, ob es bis zur Johann-Calvin-Straße weit sei. Ich erwiderte, dass man zu Fuß innerhalb von einer Viertelstunde dort ankommen könnte.«

Die Straße, in der sich das Ferienhaus von Viktoria Enders befand? Diese Frau würde den Kriminalisten einiges zu erklären haben – zumal sie darauf beharrt hatte, dass es sich bei dem Toten *nicht* um ihren angeblich schon verstorbenen Ehemann handelte.

»Wie kam der Kontakt mit Ihrem Gast eigentlich zustande?«, wollte Mona wissen.

»Durch die Touristeninformation. Herr Hansen ist dort erschienen und hat sich nach einem freien Zimmer erkundigt. Daraufhin wurde er direkt zu mir geschickt«, lautete die Antwort. Ob Enders/Hansen sich bei der Zimmervermittlung ausgewiesen hatte? Letztlich war diese Frage nach Meinung der Kommissarin nebensächlich. Wer so lange untergetaucht war wie Enders, hatte garantiert auch falsche Personalpapiere, die er im Notfall vorlegen konnte. Die Zimmervermieterin hatte die Kommissarin in ihre Küche geführt, wo die beiden Frauen miteinander sprachen. Wenig später schellte es erneut an der Tür. Frau Willum machte auf, und Enno gesellte sich zu ihnen.

»Sie wollen jetzt gewiss das Zimmer sehen«, vermutete die Vermieterin.

»Ja, das wäre gut«, erwiderte der Oberkommissar. Die beiden Ermittler folgten Frau Willum auf der steilen Stiege, die ins erste Stockwerk führte. Die Vermieterin hatte natürlich einen Generalschlüssel, mit dem sie die kleine Kammer öffnete. Mona betrat als erste den Raum, der nach ihrer Einschätzung nicht mehr als zehn Quadratmeter haben konnte – was zum Teil an den Dachschrägen lag. Es gab nur ein Bett, einen schmalen Kleiderschrank und einen Hocker. *Nicht viel komfortabler als unsere Arrestzellen,* dachte die Kommissarin. Sie wusste allerdings auch, dass Frau Willums Privatquartier extrem günstig war. Dank ihres vorherigen Besuchs wegen des Taschendiebs erinnerte sie sich daran, dass sich das Bad am Ende des Flurs befand. Mona hatte bereits Latexhandschuhe übergezogen und begann damit, den Kleiderschrank zu durchsuchen. Enders war mit leichtem Gepäck gereist. In dem Spind war nur ein Rucksack, dessen Inhalt auf die verschiedenen Fächer verteilt wurde. An der einzigen Steckdose im Raum hing ein Ladekabel, aber ein Handy suchten die Kommissare vergeblich. Enders hatte es vermutlich mitgeführt, der Mörder würde es entweder an sich genommen oder vernichtet haben. Zwischen den Wäschestücken fand Mona nichts Interessantes, aber in einem Seitenfach des Rucksacks entdeckte sie zwei Flugtickets.

»Das musst du dir anschauen, Enno!«

Der Oberkommissar kam näher und setzte seine Brille auf. Seine Kollegin präsentierte ihren Fund: »Flüge von Frankfurt am Main zu den Fidschi-Inseln in der Südsee, erster Klasse – personalisiert für Frank Hansen und Viktoria Enders!«

Der Ostfriese stieß langsam die Luft aus seinen Lungen: »Wollte er seiner Frau eine zweite Hochzeitsreise gönnen? Mir kommt es glaubhafter vor, dass er den Traum vieler Krimineller in die Tat umsetzen wollte: unter Palmen leben und nie mehr arbeiten müssen.«

»Ich bin ganz deiner Meinung«, gab Mona eifrig zurück. »Und besonders interessant finde ich, dass Enders dabei seine Witwe – wenn man sie so nennen will – an seiner Seite haben wollte. Er hätte ja ebenso gut auch mit Kea Beck abhauen können, aber seine junge Geliebte war für ihn offenbar nur Mittel zum Zweck!«

»Das nötige Kleingeld für seinen Südsee-Aussteigertraum musste Enders sich entweder noch beschaffen oder er hat es irgendwo versteckt«, dachte der Oberkommissar laut nach. »Vielleicht existiert ja ein Bankkonto unter seinem falschen Namen, obwohl man eine solche Fährte leicht verfolgen kann. Wenn er wirklich nicht mehr gefunden werden will, hätte er sich etwas Besseres einfallen lassen müssen.«

»Laut Kea erfuhr sie von Enders, dass seine Frau sich auf Borkum befindet«, unterstrich Mona. »Da frage ich mich, aus welchem Grund er seiner Geliebten diesen Umstand aufs Butterbrot schmiert und auch noch Viktorias Ferienadresse erwähnt.«

»Die Erklärung hältst du in der Hand«, gab Enno zurück, und fuhr fort: »Ich vermute, dass Enders bei Viktoria abgeblitzt ist. Er taucht bei ihr auf, als ob er frisch aus dem Grab gestiegen wäre: ›Schatz, wir verschwinden für immer in der Südsee!‹ Doch Viktoria, die wir als resolute und willensstarke Frau kennengelernt haben, zeigt ihm einen

Vogel. Sie kommt inzwischen sehr gut ohne ihn aus und setzt ihn vor die Tür. Dies könnte ihn so frustriert haben, dass er Kea den Tipp gibt – vielleicht in der Hoffnung, dass zwischen den beiden Frauen eine handfeste Schlägerei ausbricht.«

»Der letzte Satz klingt ein wenig nach Männerfantasie, aber ansonsten würde ich dir zustimmen«, erwiderte seine Kollegin augenzwinkernd. Sie tat die Flugtickets in einen Beutel für Beweisstücke. Monas Handy klingelte, Grietje war am Apparat: »Macht ihr schon wieder Pause? Dr. Gruber ist soeben auf der Wache erschienen und berät sich jetzt mit seinem Mandanten Lennard Beck. Ich könnte mir vorstellen, dass er ihn möglichst bald freibekommen will.«

»Danke dir, wir sind schon unterwegs«, erwiderte die Kommissarin und beendete das Telefonat. Enno hatte mitbekommen, worum es ging: »Ich bin gespannt, welche Version der Ereignisse Keas Ehemann für uns bereithält.«

»Das geht mir genauso«, gab sie zurück. Bevor die Ermittler das Haus verließen, versah Enno das Zimmer des Mordopfers mit einem polizeilichen Siegel. Am nächsten Tag sollten die Kriminaltechniker den Raum noch genauer unter die Lupe nehmen.

»Sie werden keine Schwierigkeiten kriegen«, versicherte Mona der Vermieterin, die immer noch etwas beklommen wirkte. Auf dem Rückweg zur Polizeistation genossen die Kommissare die milde Luft des heraufziehenden Abends und sprachen weiter über den Fall.

»Enders wird sich ein Privatzimmer genommen haben, um möglichst wenig Aufsehen zu erregen«, vermutete die Kriminalistin. »Wenn er erster Klasse nach Fidschi fliegen will, hätte er sich gewiss eine kostspieligere Unterkunft als die Kammer bei Frau Willum leisten können. Aber er hat sich dafür entschieden, weil er einfach nur ein Bett zum Schlafen brauchte. Ansonsten wollte er sein Geschäft abwickeln – was immer er darunter verstanden hat – und dann mit Viktoria an seiner Seite Deutschland auf Nimmerwiedersehen verlassen.«

»Du hast recht, das wird der Plan gewesen sein«, erwiderte Enno. »Und der ist gründlich schiefgegangen.«

Kapitel 14

Nachdem die Ermittler wieder auf der Wache eingetroffen waren, mussten sie sich noch gedulden. Becks Beratung mit seinem Rechtsbeistand zog sich in die Länge. Aber Enno hatte ohnehin schon wieder Teedurst, und auch Mona war dem einen oder anderen Tässchen gegenüber nicht abgeneigt. Es würde noch ein langer Abend werden, da war Konzentration gefragt. Schließlich gab Hinderk Ekhoff ihnen Bescheid, dass sie zum Verhörraum gehen konnten. Dr. Guido Gruber war ein mittelgroßer Mann mit modischer Brille und hellbraunem Haar, der in seinem Baumwollanzug eher lässig als seriös wirkte. Nachdem die Kriminalisten sich mit ihm bekanntgemacht hatten, sagte er: »Mein Mandant bedauert zutiefst, dass er Frau Enders einen Schrecken eingejagt hat. Streng genommen ist ja nichts Dramatisches passiert, jedenfalls wurde niemand verletzt.«

»Auch wenn kein Blut geflossen ist – der Tatbestand einer Freiheitsberaubung ist trotzdem erfüllt«, stellte Enno klar. Der Jurist schaute den Oberkommissar an, als ob er ihn für einen Spielverderber halten würde: »Mein Mandant befand sich aufgrund seiner bedauernswerten privaten Situation in einem psychischen Ausnahmezustand. Ich werde mich um das Gutachten eines Nervenarztes bemühen, um dies zu belegen.«

»Herr Beck ist außerdem verdächtig, eine Person getötet zu haben, von der wir annehmen, dass es sich um Michael Enders handelt«, erklärte der Oberkommissar.

»Mein Mandant hat mir von diesem Herrn berichtet«, sagte der Strafverteidiger. »Falls es sich bei dem Mordopfer wirklich um Enders handelt, hätte er im vorigen Jahr seinen eigenen Tod vorgetäuscht.«

»Dieser Schleimer hat meine Ehe ruiniert!«, rief Beck. »Aber umgebracht habe ich ihn trotzdem nicht!«

Dr. Gruber warf ihm einen warnenden Blick zu, während er sich an die Kommissare wandte: »Sie hören ja selbst, wie stark Herr Beck durch die Ereignisse leidet. Eine Untersuchungshaft ist aus meiner Sicht nicht gerechtfertigt, da er über einen festen Arbeitsplatz und eine Wohnung verfügt. Außerdem ist er nicht vorbestraft.«

»Ihr Mandant hatte aber Informationen über Enders, die nur vom Mörder stammen können – oder von einer Person, die den Leichnam zumindest gesehen hat!«, stellte Mona klar. Der Rechtsanwalt behielt sein Pokerface bei. Ob Beck ihm gebeichtet hatte, was in der Mordnacht geschehen war? Sie konnte es nicht einschätzen. Wichtig war, dass er jetzt den Mund aufmachte. Enno betonte: »Wie Sie wissen, entscheidet ein Richter über die Verhängung von Untersuchungshaft. Ich kann ihm nicht vorgreifen – aber er wird wahrscheinlich mit sich reden lassen, was die Freiheitsberaubung angeht. Frau Sander und ich können auch bestätigen, dass Ihr Mandant keinen Widerstand geleistet hat. So etwas wirkt sich gewiss zu seinen Gunsten aus. – Aber um den Mordvorwurf zu entkräften, müsste Herr Beck uns schon genauer berichten, was er in der Nacht vom 21. auf den 22. August getan hat. Bisher gibt es dazu nämlich nur bruchstückhafte Angaben.«

»Ich habe Enders nicht getötet!«, wiederholte Beck.

»Dann beweisen Sie es uns«, forderte Mona. »Jedes Detail kann wichtig sein und dazu beitragen, diesen Fall zu lösen.«

Beck schaute Dr. Gruber hilfesuchend an.

»Wir sind die Ereignisse ja durchgegangen«, sagte der Jurist. »Sie können den Beamten ruhig erzählen, was sich zugetragen hat – auch, wenn es Ihnen unangenehm ist.«

»Unangenehm ist gar kein Ausdruck dafür«, gab Beck mit tonloser Stimme zurück. »Es ist ernüchternd, wenn man erkennt, dass man betrogen wird.«

»Wie sind Sie darauf gekommen?«, wollte Enno wissen.

»So etwas spürt man. Ich sehe, dass Sie auch einen Ehering tragen, Herr Moll. Sie würden gewiss merken, wenn Ihre Frau sich von Ihnen entfernt.«

Dieser Satz erinnerte Mona an eine dramatische Episode, als Birte Moll auf einen selbst ernannten Geistheiler hereingefallen war. Enno hatte sehr darunter gelitten, und die Polizeiarbeit mit ihm war zu dieser Zeit kein Zuckerschlecken gewesen. Zum Glück hatten die beiden Ermittler es mit vereinten Kräften geschafft, dem Betrüger das Handwerk zu legen. Ennos Stimme riss sie aus ihren Gedanken: »Es geht hier nicht um mich. – Gab es konkrete Hinweise für die Untreue Ihrer Frau?«

Beck antwortete: »Als Kea im vorigen Jahr ihr Praktikum bei dieser verdammten Rechtsanwaltskanzlei machte, wurde ich erstmals misstrauisch. Sie war wie ausgewechselt. Bis dahin hatten wir uns immer gut verstanden, wir sind ja noch gar nicht so lange miteinander verheiratet. Aber plötzlich zog Kea sich von mir zurück. Es begann mit Heimlichkeiten. Irgendwann entdeckte ich, dass sie ein zweites Handy hatte. Wozu besorgt man sich so ein Gerät? Weil man vermeiden möchte, dass der Partner die ganze Wahrheit erfährt. – Und dann starb plötzlich Michael Enders, angeblich an einem Herzinfarkt.«

»Wie reagierte Ihre Frau?«

»Für Kea brach eine Welt zusammen, Herr Moll. Sie war todtraurig, schien seelisch in ein tiefes Loch zu fallen. Ich meine, dieser Mann war kein naher Verwandter, sondern nur ein Anwalt bei einer Kanzlei, wo sie seit ein paar Wochen Praktikantin war. – Ich schäme mich dafür, aber ich freute mich sogar über seinen Tod. Ich erkannte, dass Kea sich in ihn verliebt hatte. Nun war er aber nicht mehr da. Deshalb hoffte ich, dass zwischen uns alles wieder so werden würde wie zuvor.«

»Trat das ein?«, fragte Mona. Beck schüttelte den Kopf: »Leider nicht. Keas Verhalten normalisierte sich, aber sie blieb mir gegenüber immer noch auf Distanz. Irgendetwas musste ich unternehmen. Ich befürchtete, dass sie einen neuen Liebhaber hätte. An ihr Zweithandy kam ich nicht heran. Aber es gelang mir immerhin, auf ihrem ›offiziellen‹ Smartphone heimlich eine Tracker-App zu installieren.«

»So konnten Sie mitbekommen, wo sie sich gerade befand«, vergewisserte sich der Oberkommissar. Der Verdächtige nickte und fuhr fort: »Ja, Kea ging mir aus dem Weg – auch hier auf Borkum. Ich fühlte, dass sich etwas anbahnte. Nach außen hin tat ich, als ob mich ihre Extratouren nicht kümmern würden.«

»Ihre Ehefrau hat Sie als einen Eigenbrötler bezeichnet«, teilte Mona Beck mit. »Können Sie sich vorstellen, wie sie zu dieser Einschätzung kommt?«

Er zuckte mit den Schultern: »In der Vergangenheit habe ich versucht, Kea zu kontrollieren. Sie wurde dann immer fuchsteufelswild, wenn sie mir auf die Schliche kam. Deshalb tat ich so, als ob es mich nicht kümmern würde, wenn sie ihre Heimlichkeiten hatte. Wenn ich wissen wollte, was sie gerade trieb, dann konnte ich ja ihr Smartphone orten.«

Enno kam auf den Tag des Mordes zurück: »Was geschah denn nun am 21. August?«

Beck erwiderte: »Kea behauptete, eine Tour mit dem Beiboot machen zu wollen. Dabei ist sie alles andere als eine begeisterte Sportlerin. Ihre Eltern waren wohl nicht so begeistert von dem Vorhaben, aber die See war ziemlich ruhig. Und in dem Boot befindet sich ja auch eine Schwimmweste. Mir war klar, dass sie etwas vorhatte. Also zog ich mich rechtzeitig zurück, um ihr mit gebührendem Abstand folgen zu können.«

»Auf See?«, hakte Mona nach. Der Verdächtige schüttelte den Kopf: »Nein, das war auch gar nicht nötig. Ich weiß, dass meine Frau keine begnadete Ruderin ist. Sie würde höchstens ein wenig in Sichtweite der Insel herumschippern, da war ich mir sicher. Kea verließ den Yachthafen. Ich hatte mich in der Nähe versteckt und beobachtete sie mit einem Fernglas. Dann wurde aus meiner Befürchtung Gewissheit: Sie las an diesem Seezeichen bei der Hafeneinfahrt einen Kerl auf, der zu ihr ins Boot stieg! Leider konnte ich sein Gesicht nicht erkennen, dafür war der Abstand zu groß. Aber ich sah, dass er mit ihr die Plätze tauschte und sich kräftig in die Riemen legte. Daraufhin wurde das Boot sofort schneller.«

Der Strafverteidiger schaute die Kommissare triumphierend an. Es war, als ob er sagen wollte: *Ist es nicht bemerkenswert, wie kooperativ mein Mandant ist?* Wenn Becks Schilderung der Wahrheit entsprach, dann hatte er seiner Frau systematisch nachgestellt – was ohnehin schon als Straftat gewertet werden konnte. Mona war gespannt, wie es weitergegangen war. Sie forderte Beck mit einer Handbewegung zum Fortfahren auf. Er sagte: »Das Boot nahm Kurs auf den Südstrand. Ich bewegte mich an Land ebenfalls in die Richtung, wobei ich natürlich darauf achtete, nicht bemerkt zu werden. Einige Zeit später kam das Boot auf den Spülsaum zu, der Mann sprang über Bord und zog es an Land. Mich traf fast der Schlag, als ich mein Fernglas auf ihn richtete. Es war der totgeglaubte Enders!«

»Sie wussten also, wie er aussah?«

»Das ist kein Geheimnis, Herr Moll. Vor seinem vorgetäuschten Herztod gab es auf der Homepage der Kanzlei ein Foto, auf dem man die drei Herren Juristen bewundern konnte. Und Enders war eindeutig der Jüngste und Attraktivste von ihnen, das muss ich ihm zugestehen. Plötzlich erkannte ich die harte Wahrheit: Er war am Leben und hatte wahrscheinlich die ganze Zeit über Kontakt zu Kea gehabt! Sie wird ihn wohl kaum zufällig getroffen haben, oder?«

Mona wusste nicht, ob Beck eine Antwort erwartete. Er redete ohnehin weiter: »Die beiden verließen das Boot und gingen auf die Dünen zu, wo ich selbst mich versteckt hatte. Ich musste mich ein wenig zurückziehen, um nicht entdeckt zu werden. Es war mir nicht entgangen, dass sie eine Sektflasche dabeihatten. Ich konnte mir vorstellen, was als Nächstes geschehen würde. Trotzdem wollte ich mir Gewissheit verschaffen. Die Handyortung leistete mir gute Dienste. Ich schlich mich an, konnte die Stimmen der beiden hören.«

»Was haben Sie dann getan?«, wollte Enno wissen.

»Mein Magen drehte sich um, mein Kreislauf spielte verrückt. Ich lief Richtung Reedestraße davon und versuchte, mich zu beruhigen. Irgendwie schaffte ich es, rechtzeitig wieder am Yachthafen zu sein. Meine Schwiegereltern und Kea wollten mit mir abends in die *Nordsee Kajüte* gehen. Sogar meine Frau tauchte rechtzeitig wieder auf, stellen Sie sich das vor! Sie mimte die Unschuldige, als ob nichts geschehen wäre. Falls sie registrierte, wie schlecht es mir ging, ließ sie es sich jedenfalls nicht anmerken.«

Mona beugte sich vor: »Laut Aussage Ihrer Frau bemerkte Enders eine sich nähernde Person, woraufhin er ihr zurief, dass sie verschwinden sollte. Man könnte doch annehmen, dass es sich bei dieser Person um Sie gehandelt hat.«

Dr. Gruber wollte einschreiten, aber Beck blockte seinen Anwalt ab: »Lassen Sie nur, ich werde darauf eingehen. – ja, das könnte man vermuten. Aber so ist es nicht gewesen. Ich habe Enders nicht umgebracht.«

»Wirklich nicht? Und woher wussten Sie, dass er mithilfe einer Fahrradspeiche getötet wurde?«, fragte die Kommissarin. Beck ging nicht sofort auf ihre Worte ein. Als sie schon nachhaken wollte, erklärte er: »Das hängt mit dem weiteren Verlauf des Abends zusammen. Wir gingen – wie gesagt – zusammen in das Lokal, aber die Stimmung war gereizt. Mein Schwiegervater warf Kea vor, dass sie in seinen Sachen herumschnüffeln würde. Ich konnte ihr ansehen, dass sie dies wirklich getan hatte. Inzwischen ist es für mich immer ziemlich klar, wenn sie lügt. Kea wurde jedenfalls sauer, sprang auf und lief davon.«

»Wollten Sie gar nicht wissen, wohin sie ging?«, fragte der Oberkommissar.

»Nicht in dem Moment. Ich war immer noch zu geschockt, weil ich nun einen Beweis für ihre Untreue hatte. Ich saß bewegungslos auf meinem Stuhl. Ich hatte ein paar Biere getrunken, aber die Wirkung spürte ich überhaupt nicht.«

Die Kriminalistin blätterte in ihrem Notizbuch: »Laut einer Zeugenaussage haben Sie in der *Nordsee Kajüte* Folgendes von sich gegeben: ›Wir müssen uns allen klarmachen, was für uns auf dem Spiel steht.‹ – Wie waren diese Worte gemeint?«

»Ich wollte einfach nur erreichen, dass Kea und ihr Vater sich beruhigen. Auch wenn Sie das vielleicht nicht verstehen können – ich liebe meine Frau immer noch. Und es ist nie gut, wenn man sich in aller

Öffentlichkeit streitet. Der Wirt war vermutlich kurz davor, die Polizei zu holen.«

Tatsächlich hatte Jan Mona genau dies gesagt, aber das musste sie dem Verdächtigen ja nicht auf die Nase binden. Stattdessen kam sie auf einen anderen Punkt zu sprechen: »Nachdem Ihre Frau ins Lokal zurückkehrte, machte sie angeblich einen geknickten Eindruck – woraufhin sie von Ihnen und Ihren Schwiegereltern getröstet wurde. Trifft dies zu?«

Beck atmete tief durch, bevor er antwortete: »Ja, Kea war ziemlich aufgelöst. Sie erzählte uns, dass Enders am Leben sei, aber wahrscheinlich durch seine Frau bedroht würde. Sie – also Kea – hätte versucht, Viktoria Enders darauf anzusprechen, hätte aber keinen Erfolg gehabt. Mein Schwiegervater war nicht mehr sauer auf seine Tochter. Er versprach, sich um die Sache zu kümmern. Nachdem wir wieder auf der Yacht waren, nahm Kea ein Beruhigungsmittel und ging ins Bett. Ich wandte mich an meinen Schwiegervater und berichtete ihm, was ich herausgefunden hatte. Er schien gar nicht zu glauben, dass Enders noch am Leben war. ›Und warum ist sie nicht mit dem Boot zurückgekommen?‹, fragte ich ihn. ›Hast du ihre Geschichte von der Kreislaufschwäche geglaubt?‹ Darauf fiel ihm keine Antwort ein. Ich sagte, dass ich ihm gern die Champagnerflasche zeigen könnte, die von den beiden geleert wurde – denn ich nahm an, dass sie immer noch zwischen den Dünen lag. Althoff schien nicht überzeugt, aber wir beide machten uns auf den Weg zu den Süddünen. Dort fanden wir zwar nicht die Flasche, sondern den Toten – mit einer Fahrradspeiche im Rücken!«

Kapitel 15

Für einen Moment herrschte Stille im Verhörraum, die von Dr. Gruber beendet wurde: »Sie hören es selbst – mein Mandant war nicht der Täter!«

»Der Tote lag zu dem Zeitpunkt also noch in der Mulde zwischen den Dünen?«, vergewisserte Enno sich. »Warum haben Sie nicht die Polizei verständigt?«

»Daran hatten wir gedacht«, behauptete Beck. »Aber dann wurde uns bewusst, dass Sie zu viele unangenehme Fragen stellen würden – zum Beispiel, was wir nachts in den Dünen zu suchen hatten. Und wenn Sie tiefer gegraben hätten, wäre ans Tageslicht gekommen, dass meine Frau eine Praktikantin in der Kanzlei dieses toten Anwalts war.«

»Um welche Uhrzeit fanden Sie die Leiche?«, wollte der Oberkommissar wissen.

»So genau kann ich das nicht mehr sagen, Herr Moll. Wir haben ja gegen 22 Uhr die *Nordsee Kajüte* verlassen, später sprach ich dann unter vier Augen mit meinem Schwiegervater … es muss zwischen elf Uhr abends und Mitternacht gewesen sein.«

»Und wie gelangte der Tote dann ins Beiboot?«, fragte Mona.

»Ich weiß es nicht – jemand muss ihn hineingelegt haben.«

»Auf die Idee wäre ich ja nie gekommen!«, höhnte die Kriminalistin. »Aber wer und – warum?«

»Mäßigen Sie sich, Frau Sander«, warnte der Strafverteidiger. Aber die Ermittlerin merkte bereits selbst, dass ihr berüchtigtes Temperament mit ihr durchzugehen drohte. Saß nun der Mörder vor ihr oder hatte Beck die Wahrheit ausgesagt? War vielleicht Althoff für Enders' Tod verantwortlich? Mona konnte sich zwar nicht vorstellen, dass der Unternehmer den Liebhaber seiner Tochter umgebracht hatte, um die Familienehre zu verteidigen – aber vielleicht gab es ein ganz anderes Motiv für die Tat? Warum hatte Enders so ein großes Interesse an dem altmodischen Schlüssel gehabt, den Althoff angeblich besitzen sollte? Enno griff beschwichtigend ein: »Da Sie aussagen, zusammen mit Herrn Althoff den Toten gefunden zu haben, werden wir ihn natürlich auch dazu befragen.«

»Sie werden merken, dass ich nicht gelogen habe.«

Darauf hätte Mona nicht wetten wollen. Becks Erklärung kam ihr etwas an den Haaren herbeigezogen vor, deshalb hakte sie noch einmal nach: »Angenommen, es hätte sich so zugetragen – warum haben Sie das Beiboot nicht mitgenommen? Solange es am Strand lag, bestand die Gefahr, dass es jemand stiehlt.«

»Darüber habe ich mir keine Gedanken gemacht«, murmelte Beck. »Das Boot gehörte schließlich meinem Schwiegervater. Er hielt es wohl für sinnvoller, einen Diebstahl bei der Polizei anzuzeigen.«

Die Kommissarin überlegte: Wenn der Leichnam sich zu dem Zeitpunkt wirklich noch in den Dünen befand, hätte wohl niemand das Boot mit Enders in Verbindung bringen können. Und natürlich gab es Gründe dafür, nicht bei Dunkelheit zum Yachthafen zurückzurudern. Althoff war nicht mehr der Jüngste – und wie es um Becks seemännische Fähigkeiten bestellt war, konnte Mona nicht einschätzen. Auf jeden Fall konnte es lebensgefährlich sein, wenn man mit einem so kleinen Wasserfahrzeug einem der von Emden kommenden Frachter in die Quere kam. Enno sagte: »Für den Moment haben wir genug gehört. Wir werden nun zunächst Herrn Becks Aussage überprüfen. Solange wir seine Verstrickung in den Mord nicht ausschließen können, bleibt er in Gewahrsam.«

»Wie Sie meinen«, gab Dr. Gruber zugeknöpft zurück. »Ich werde beim Haftprüfungstermin die sofortige Freilassung meines Mandanten beantragen. – Nur Mut!«

Die beiden letzten Worte galten Beck, der wie ein Häufchen Elend auf seinem Stuhl hockte. Das Verhör schien für ihn eine Tortur gewesen zu sein – weil ihm die Untreue seiner Frau noch einmal bewusst geworden war oder weil er mit der Schuld eines Tötungsdelikts leben musste? Mona war unschlüssig. Nachdem der Strafverteidiger sich verabschiedet hatte und Beck in seine Zelle zurückgebracht worden war, schaute sie ihren Kollegen an.

»Ich bin ratlos«, gestand sie. Der Ostfriese griff zu seiner Teetasse und schürzte die Lippen, als ob er einen besonders edlen Wein genießen wollte.

»Wir haben es jetzt mit einer interessanten Gemengelage zu tun«, sagte er.

»Wie meinst du das?«

»Angenommen, Beck und Althoff hätten Enders gemeinsam getötet. Sie können die Tat leugnen und sich gegenseitig ein Alibi geben. Ein Tatmotiv können beide Männer vorweisen: Beck wegen des Ehebruchs und Althoff, weil er geschäftliche Probleme mit Enders befürchten muss.«

»Ja, wegen dieses dämlichen Schlüssels«, gab die Kommissarin seufzend zurück. Sie fuhr fort: »Ganz ehrlich? Gerade weil Becks Geschichte nicht ganz schlüssig ist, kommt sie mir glaubwürdig vor. Ein guter Lügner würde versuchen, alle offenen Fragen zu beantworten, damit wir zufrieden sind und unsere Ermittlungen in eine andere Richtung lenken. – Warum sagt Beck aus, dass die Leiche zuletzt noch in den Dünen lag? Wer soll den Toten ins Beiboot geschleift haben – und aus welchem Grund?«

»Wir hatten ja schon anfangs Viktoria Enders auf unserer Verdächtigenliste«, erinnerte der Oberkommissar, »und momentan spricht einiges für sie als Täterin: Wenn es nicht Beck war, der nach dem Liebesspiel zwischen Enders und Kea rotgesehen hat, so könnte die Witwe durchaus als Mörderin infrage kommen. Vielleicht hat sie Enders mit ähnlichen Mitteln überwacht wie Beck seine Frau. Dies würde erklären, warum sie in der Nähe war. Und dass sie die Fahrradspeiche als Mordwaffe wählte, um den Verdacht auf Kea zu lenken, hattest du ja selbst vorgeschlagen. Natürlich würde eine Täterin Viktoria Enders die Leiche ins Boot schleifen, damit wir garantiert die Althoffs mit dem Toten in Verbindung bringen.«

»Ja, wir sollten uns noch einmal intensiv mit der Dame befassen«, sagte Mona grimmig, »aber zunächst hoffe ich auf einen Durchsuchungsbeschluss für die *Nagpur Lady*.«

Sie ging nach vorn ins Wachlokal und wandte sich an Grietje: »Ist Frau Dr. Becker schon eingetroffen?«

»Ja, die Staatsanwältin wird gerade vom Chef auf den neuesten Stand gebracht, bevor sie sich mit Kolk befasst – ist der Verhörraum jetzt wieder frei?«

»Erraten, und das werde ich Oltbeck persönlich mitteilen«, erwiderte die Kommissarin. Sie ging zum Chefbüro, klopfte kurz und trat dann ein. Dr. Elisabeth Becker saß auf einem der Besucherstühle vor dem Schreibtisch. Sie war eine attraktive Frau mit hellgrauen Augen, die ihr langes Haar zu einem Zopf geflochten trug. In ihrem taubengrauen Hosenanzug wirkte sie auf Mona wie eine Bankerin. Die Staatsanwältin hob den Kopf und schaute die Kriminalistin fragend an.

»Sehen Sie nicht, dass wir eine Besprechung haben, Frau Sander?«, fragte Oltbeck ungehalten.

»Ich will nicht lange stören, aber ich benötige dringend einen Durchsuchungsbeschluss für eine Yacht«, sagte Mona. Sie erklärte Frau Dr. Becker so knapp wie möglich, warum Althoff verdächtig war und auf seinem Kabinenkreuzer Beweisstücke vermutet wurden. Die Staatsanwältin hatte eine angenehme Stimme. Hätte sie gesungen, dann wäre die Tonlage »Alt« für sie passend gewesen.

»Also könnten mögliche Funde auf dieser Yacht zusätzlich die Ermittlungen Ihrer Hannoveraner Kollegen gegen das organisierte Verbrechen voranbringen?«, vergewisserte die Juristin sich. Mona nickte: »Das ist zumindest unsere Hoffnung.«

Der Chef hätte auch gern etwas gesagt, das konnte die Kommissarin ihm deutlich ansehen. Es missfiel ihm natürlich, dass sie bei seinem Termin mit der Staatsanwältin hereingeplatzt war. Aber er beherrschte sich, weil er Mona in Frau Dr. Beckers Gegenwart nicht anpflaumen wollte. Das würde er vermutlich später nachholen, doch damit konnte die Ermittlerin leben.

»Nach Ihrer Schilderung hat dieser Althoff sich schon in genügend Widersprüche verstrickt.«

Mit diesen Worten unterschrieb die Staatsanwältin einen Durchsuchungsbeschluss für die *Nagpur Lady*. Sie fügte hinzu: »Ich hoffe, dass Sie dort wirklich Belastungsmaterial finden, Frau Sander.«

Die Kommissarin lächelte ihr dankbar zu und verließ das Büro. Enno hatte inzwischen das Verhörzimmer verlassen und war in ihren gemeinsamen Arbeitsraum gewechselt. Mona wedelte mit dem Dokument, als sie dort ebenfalls eintrat: »Schau mal, was ich hier habe!«

»Es ist schon gut, wenn sich eine Staatsanwältin direkt auf der Insel befindet«, gab der Oberkommissar lächelnd zurück.

»Ich kenne jemanden, der Frau Dr. Becker garantiert gern jeden Tag um sich hätte!«

Enno lachte und sagte: »Du wirst dich irgendwann um Kopf und Kragen reden. – Und jetzt rücken wir Althoff auf die Bude!«

Die beiden verließen die Wache und fuhren zum Yachthafen. Da die letzte Fähre des Tages schon angelegt hatte, herrschte auf der Reedestraße nur noch wenig Autoverkehr.

»Wir hätten schon misstrauisch werden müssen, als Althoff uns dieses Märchen mit den Juwelen aufgetischt hat!«, stieß Mona gereizt hervor. Ihr Kollege hob den rechten Zeigefinger und erwiderte: »Erstens war es ja gar keine Lügengeschichte, weil sich dieses Verbrechen damals in Indonesien wirklich ereignet hat. Und zweitens *waren* wir schon skeptisch – wir hatten bloß gegen diesen Herrn nicht genug in der Hand.«

»Du hast ja recht«, räumte die Kommissarin ein, »aber das hat sich zum Glück geändert.«

Es dauerte nicht lange, bis sie den Yachthafen erreicht hatten. Der blaue Himmel und der anhaltende Wind von Stärke vier bis fünf versprach bestes Segelwetter, daher hatten viele Wasserfahrzeuge den Hafen bereits verlassen. Die *Nagpur Lady* lag allerdings immer noch an dem ihr zugewiesenen Platz. Das Herannahen der Ermittler blieb nicht unbemerkt. Als die beiden auf die Gangway zu traten, wurden sie von Althoff begrüßt: »Guten Abend – ich hoffe, dass Sie mir gute Nachrichten bringen. Wie geht es meinem Schwiegersohn?«

»Gut, er singt wie eine Nachtigall«, erwiderte Mona und präsentierte dem Yachtbesitzer das offizielle Dokument: »Das hier ist ein Durchsuchungsbeschluss der Staatsanwaltschaft Emden. Nachdem Lennard Beck uns berichtet hat, dass Sie und er gemeinsam die Leiche entdeckt haben, wurde unser Wissensdurst enorm gesteigert. Wir möchten erfahren, was Sie noch alles vor uns verbergen.«

Althoff gab sich zugeknöpft: »Ich weiß nicht, wovon Sie sprechen!«

Er nahm das Blatt Papier entgegen und überflog die ersten Zeilen. Nun gesellten sich auch seine Frau und seine Tochter zu ihm und den Kommissaren. Keas Blick war glasig, nach Monas Meinung stand sie unter starken Beruhigungsmitteln. Sophie Althoff schaute ihrem Ehemann über die Schulter: »Ein Durchsuchungsbeschluss? Glauben Sie etwa, dass wir etwas mit dieser schrecklichen Tat zu tun haben?!«

»Wir glauben überhaupt nichts, sondern halten uns an Fakten«, erklärte Enno freundlich. »Wenn wir bei Ihnen kein belastendes Material finden, müssen Sie auch nichts befürchten!«

»Gut, dann zeige ich Ihnen als Erstes meine Malutensilien«, höhnte Sophie. »Vielleicht kommen Sie auf die Idee, dass man mit den Farben jemanden vergiften könnte!«

Die Kriminalisten ließen den Spott an sich abperlen. Mona sagte zu ihrem Kollegen: »Ja, schau dort nach. – Ich lasse mir inzwischen von Herrn Althoff seinen Sekretär zeigen.«

Es kam ihr so vor, als ob der Yachtbesitzer zusammengezuckt wäre, als sie das Möbelstück erwähnte. Er atmete tief durch und murmelte: »Wenn Sie unbedingt Ihre Zeit und Steuergelder verschwenden wollen … folgen Sie mir bitte.«

Die Kommissarin ging hinter ihm her in den rückwärtigen Bereich der Wohnkajüte. Dort war eine der Schlafabteilungen zu einem kleinen Büro umgebaut worden. Man hatte die Koje herausgerissen und an dem

Platz einen hölzernen Sekretär installiert. Das Möbel war fest im Boden verschraubt, wie man es bei Einrichtungsgegenständen auf Kabinenkreuzern tat. Mona hatte sich bereits Latexhandschuhe übergezogen. Ihr war bewusst, dass Kea bereits vergeblich nach dem Geheimfach gesucht hatte. Allerdings verfügte die Jurastudentin über keine polizeiliche Ausbildung, von Erfahrung bei Hausdurchsuchungen ganz zu schweigen. Die Kriminalistin zog eine Schublade nach der anderen hervor und tastete mit den Fingerspitzen an den Führungsnuten entlang. Sie warf Althoff einen Seitenblick zu. Der Yachtbesitzer stand einige Schritte von ihr entfernt gegen die Wand gelehnt, die Arme trotzig vor der Brust verschränkt. Sie wollte ihm den Triumph nicht gönnen, sie scheitern zu sehen. Mona machte sich bewusst, dass das Geheimfach ziemlich klein sein konnte. Es musste ja nicht mehr als diesen Schlüssel enthalten, für den Enders sich angeblich so stark interessiert hatte. Sie schob die Laden wieder in das Möbelstück zurück.

»Wie gesagt, wir haben hier nichts zu verbergen«, behauptete Althoff mit einer gewissen Genugtuung in der Stimme.

»Noch bin ich nicht fertig«, erwiderte sie und klappte die Vorderseite des Sekretärs nach unten, die als Schreibfläche dienen sollte. Das Innere des Möbels enthielt weitere kleine Schubladen, die von der Kommissarin ebenfalls herausgenommen wurden. Erneut konnte Mona nichts Verdächtiges entdecken. Sie begann schon, an der Information zu zweifeln, als sie die Länge der vier kleinen Schubladen miteinander verglich. Eine von ihnen war um wenige Zentimeter kürzer als die anderen. Das bemerkte man aber nur, wenn man sie gänzlich herauszog – was Kea vielleicht nicht getan hatte. Die Kommissarin beugte sich vor und stellte fest, dass sich die Rückwand hinter dieser einen Schublade ein wenig zur Seite schieben ließ. Nun erblickte sie einen Hohlraum, in dem nur wenig Platz war. Aber für einen antiken Schlüssel aus Bronze reichte es. Sie griff mit Zeigefinger und Daumen nach dem Gegenstand und hielt ihn Althoff vor die Nase: »Was haben wir denn hier Schönes?«

»Ich sehe dieses Ding zum ersten Mal!«, stieß er hervor. Aber sein Gesichtsausdruck strafte ihn Lügen. Mona sagte: »Sie sind verhaftet, Herr Althoff. Sie stehen unter dem dringenden Verdacht, gemeinsam mit Lennard Beck Michael Enders getötet zu haben. Sie müssen sich nicht zur Sache äußern, können die Aussage verweigern und einen Rechtsanwalt hinzuziehen.«

Kapitel 16

Sophie Althoff und Kea Beck fielen aus allen Wolken, als die Kommissarin dem Yachtbesitzer Handschellen anlegte, nachdem Enno ihn nach Waffen und gefährlichen Gegenständen durchsucht hatte.

»Das ist doch Wahnsinn!«, zeterte Frau Althoff. »Warum hätte Matthias diesen Kerl im Beiboot töten sollen?!«

»Es handelt sich um ein bedauerliches Missverständnis, das ich schnell aufklären werde«, behauptete ihr Ehemann. Nach einer Schrecksekunde hatte er die Selbstsicherheit zurückgewonnen, mit der er auch bei den früheren Begegnungen bereits aufgetreten war. Wahrscheinlich hoffte er darauf, dass ihm die Tat nicht nachzuweisen war, solange sein Schwiegersohn ihn nicht belastete. *Und die Chancen dafür stehen gar nicht schlecht,* dachte Mona grimmig, *wenn nämlich Beck Althoff verrät, ist er auf jeden Fall selbst wegen Beihilfe oder Irreführung der Justiz dran.* Dann ermahnte sie sich selbst, die Beweisführung nicht zu pessimistisch anzusehen. Es gab immer wieder Straftäter, die letztlich wegen ihrer Selbstüberschätzung hinter Gittern landeten. Die Ermittler führten Althoff zu ihrem Wagen und kehrten mit ihm zur Polizeistation zurück. Der Verhörraum war noch durch Frau Dr. Becker, Oltbeck und Kolk belegt, sodass sie die Befragung in ihrem Dienstzimmer durchführten.

»Wenn Sie weiterhin vernünftig sind, nehme ich Ihnen die Handschellen ab«, bot Mona an.

»Keine Sorge, ich werde nicht ausrasten«, versprach Althoff. »Ich habe mir bisher nichts vorzuwerfen. Wenn ich jetzt Polizisten angreifen würde, könnten Sie mir ja wirklich ein Verbrechen nachweisen.«

Die Kommissarin befreite ihn von der metallenen Handfessel, und Enno setzte eine Kanne Tee auf. Nachdem alle Anwesenden mit der starken Assam-Mischung versorgt waren, wandte Mona sich an Althoff: »Sollen wir für Sie einen Rechtsanwalt anrufen?«

»Nein, danke, Frau Sander. – Ich wiederhole mich ungern, aber ich habe Enders nicht getötet. Und mein Schwiegersohn hat es auch nicht getan.«

»Sie hielten es nicht für nötig, den Leichenfund zu melden«, erinnerte der Oberkommissar. »Warum haben Sie das vermieden?«

»Ich erkannte Enders wieder, schließlich hat meine Tochter in seiner Kanzlei ein Praktikum gemacht. Wenn Lennard und ich bei der Polizei angerufen hätten, wären wir zwangsläufig in den Fall verstrickt worden.

Glauben Sie mir – ich fühlte mich nicht gut dabei, den Toten in den Dünen liegenzulassen wie ein verendetes Tier. Und wir haben uns selbstverständlich vergewissert, dass er nicht mehr lebt. Er hatte keinen Puls mehr, da bin ich mir sicher.«

»Haben Sie seine Kleider und eine Champagnerflasche bei der Leiche gesehen?«, wollte der Oberkommissar wissen.

»Nein, Herr Moll. Enders lag so unbekleidet wie am Tag seiner Geburt im Sand, mit einer Fahrradspeiche im Rücken.«

»Angenommen, wir glauben Ihnen – wenn Sie und Herr Beck den Mann nicht getötet haben, wer könnte Ihrer Meinung nach das Verbrechen begangen haben?«, fragte Mona. Althoff schüttelte den Kopf: »Ich will niemanden zu Unrecht verdächtigen, aber mir fällt natürlich sofort seine Frau ein. Enders hat ja offenbar seinen Tod vorgetäuscht. Es muss für die Ärmste ein großer Schock gewesen sein, dass sie so von ihm hintergangen wurde.«

»Kennen Sie Viktoria Enders eigentlich?«

»Nicht persönlich, Frau Sander. Warum sollte ich?«

»Wir haben herausgefunden, dass Sie in geschäftlicher Beziehung mit der Rechtsanwaltskanzlei Sondermann, Wilke & Enders stehen.«

Mona beobachtete Althoff genau, während sie diesen Satz aussprach. Seine Erwiderung hörte sich gereizt an: »Das ist ja wohl nicht verboten! – Ich hatte Kea die Kanzlei empfohlen, weil ich gute Erfahrungen mit den Herrschaften gemacht habe. Ich wollte, dass meine Tochter ihr Praktikum in einer hochwertigen Umgebung macht.«

»Ich verstehe. – Wussten Sie eigentlich, dass Ihre Tochter ein Verhältnis mit Enders hatte?«, fragte die Kommissarin direkt.

»Das ist eine böswillige Unterstellung, die ich mir verbitten ...«

Doch Mona ließ ihn nicht ausreden: »Glauben Sie, wir würden uns diese Dinge ausdenken? Ihre Tochter hat zugegeben, dass *sie* das Beiboot genommen hat – um damit Enders an der Fischerbalje abzuholen. Von einem Diebstahl kann also keine Rede sein. Sie, Herr Althoff, haben die Polizei angelogen und eine Straftat vorgetäuscht. Im Zusammenhang mit einer Mordermittlung sieht das gar nicht gut aus.«

Der Verdächtige starrte die Kriminalistin an, als ob er einen Geist sehen würde. Dann stammelte er: »Das verstehen Sie nicht! Sie sind noch jung – ich weiß nicht, ob Sie eigene Kinder haben. Aber ein Vater würde alles tun, um seine Tochter oder seinen Sohn zu beschützen.«

Also glaubt er, dass Kea Enders erstochen hat? Diese Frage stellte Mona sich nur in Gedanken. Aber Althoffs Reaktion ließ diese Schlussfolgerung zu.

»Ihre Tochter hat ausgesagt, dass Sie sehr aufgebracht waren, als sie Ihren Sekretär durchsucht hat«, teilte Enno Althoff mit.

»Das ist übertrieben – aber Sie wären auch ärgerlich, wenn jemand in Ihren Sachen schnüffeln würde«, behauptete der Verdächtige. Mona hielt den Schlüssel hoch, der sich bereits in einem Beutel für Beweisstücke befand: »Also hat Kea nicht zufällig nach diesem Objekt gesucht?«

»Ich weiß es nicht, diesen Schlüssel sehe ich heute zum ersten Mal. Als ich die Yacht gekauft habe, war der Sekretär schon fest installiert. Wer weiß, wie lange der Schlüssel schon darin versteckt war.«

»Also werden wir Ihre Fingerabdrücke und Ihre DNA nicht auf dem Metall finden?«, bohrte Mona nach. Althoff verschränkte wieder die Arme vor der Brust: »Ich habe meine Meinung geändert und möchte nun doch die Aussage verweigern.«

»Das steht Ihnen natürlich frei«, erwiderte Enno freundlich. »Da Flucht- und Verdunkelungsgefahr besteht, werden Sie die kommende Nacht in einer Arrestzelle verbringen.«

*

Während Polizeimeisterin Aiske Berend den Verdächtigen abführte, verließen die Kriminalisten noch einmal die Wache. Sie wollten zu Viktoria Enders fahren.

»Ich habe keinen blassen Schimmer, was wir mit diesem Schlüssel anfangen sollen«, gab Enno zu. »Wir könnten die Witwe natürlich fragen, ob sie eine Idee hat. Aber sie wird uns garantiert ein Lügenmärchen auftischen.«

Mona schnippte mit den Fingern: »Vielleicht hat Kolk uns die Antwort schon geliefert, wenn auch unabsichtlich! Laut seiner Aussage benötigte Enders die *belgischen Kontakte* seines kriminellen Kumpans. Wir sollten morgen mal ein Foto des Schlüssels über Interpol nach Brüssel schicken. Vielleicht haben die dortigen Kollegen eine Idee, wozu er gehören könnte.«

»Das ist auf jeden Fall ein guter Ansatz«, lobte der Oberkommissar. Als sie die Johann-Calvin-Straße erreichten, ertönte aus dem Ferienhaus der Witwe beschwingter Sommerpop.

»Ich glaube, sie sitzt auf der Terrasse«, vermutete Mona. Die Ermittler umrundeten das Haus. Und tatsächlich hatte Viktoria Enders es sich in einem Liegestuhl bequem gemacht. Sie trug einen orangefarbenen Badeanzug. Ein bunter Cocktail und eine Illustrierte befanden sich in Reichweite. Sie schaute auf, als sie die beiden bemerkte: »Ah, Sie beehren mich schon wieder? Wollen Sie mir mitteilen, dass Sie endlich Kea Beck wegen Mordes verhaftet haben?«

Mona reagierte mit einer Gegenfrage: »Warum behaupten Sie steif und fest, dass es sich bei dem Toten nicht um Ihren Ehemann handelt?«

Viktoria Enders schwang ihre Beine von der Liege und richtete sich auf: »Weil es der Wahrheit entspricht! Ich werde ja wohl wissen, wie Michael ausgesehen hat, bevor er im vorigen Jahr … von mir gegangen ist!«

»Sie wollten wohl sagen, dass er sich aus dem Staub machte! Und uns würde brennend interessieren, inwieweit Sie in seine kriminellen Machenschaften verwickelt waren«, sagte die Kommissarin. Die Witwe ging nicht darauf ein, sondern wandte sich an Enno: »Wenn ich es richtig verstanden habe, dann sind Sie ranghöher als diese unverschämte Person. Muss ich es mir gefallen lassen, dass sie dermaßen pietätlos mit mir redet?«

»In der Sache hat Frau Sander recht«, stellte der Oberkommissar klar. »Und übrigens ist es nur eine Frage der Zeit, bis wir beweisen können, dass es sich bei dem Leichnam wirklich um Michael Enders‘ sterbliche Überreste handelt. Es liegen Fingerabdrücke von Ihrem Gatten vor, die aktuell mit denen des Toten abgeglichen werden. Wahrscheinlich wird uns das Ergebnis schon morgen mitgeteilt.«

Damit hatte Viktoria Enders offenbar nicht gerechnet. Sie versuchte abzuwiegeln: »Nun, dann habe ich mich eben geirrt. Warum hätte ich behaupten sollen, dass es sich bei dem Toten nicht um meinen Mann handelt?«

Die Antwort auf diese Frage kam von Mona: »Vielleicht, weil Enders aus der Versenkung auftauchte und Ihnen versprach, gemeinsam mit ihm ein neues Leben in der Südsee anzufangen?«

»Was soll das bedeuten, Frau Sander?«

»Wir haben in dem Zimmer, das er unter seinem falschen Namen Frank Hansen gemietet hatte, Flugtickets zu den Fidschi-Inseln sichergestellt – und zwar für ihn selbst und für Sie!«

Viktoria Enders reagierte nicht sofort. Ihr Gesichtsausdruck zeigte eine Mischung aus Skepsis und Bedauern, so kam es zumindest der

Kommissarin vor. Einen Moment später murmelte die Witwe: »Dann war das also keine leere Versprechung ...«

Die Kriminalistin erwiderte: »Zumindest hatte Enders sich um die Flüge gekümmert. – Haben Sie ihn getroffen?«

»Ja, verflucht! Und ich schwöre Ihnen, dass ich nichts von seinem inszenierten Tod wusste. Er hatte sich mit einigen wirklich üblen Typen angelegt, da erschien ihm sein angeblicher Herzinfarkt als das kleinere Übel. Er fand einen bestechlichen Arzt, der ihm den Totenschein ausstellte. So hat er mir das zumindest erzählt. Und er behauptete, alles nur für mich getan zu haben – damit ich vor eben diesen gefährlichen Kerlen geschützt sei! Ich habe mir an seinem Grab die Augen ausgeheult, weil ich wirklich von seinem Tod überzeugt war. Und jetzt stand er plötzlich vor meiner Tür und wollte mit mir für immer verschwinden – nachdem er noch ein letztes Geschäft abgewickelt hatte.«

Enno stellte eine simple Frage: »Warum sind Sie nach Borkum gekommen?«

»Weil es hier schön ist, Herr Moll! Ich wollte entspannen und über Michaels Verlust hinwegkommen.«

»Wir glauben nicht an Zufälle«, stellte Mona klar. »Sie haben nicht zufällig einen Tipp bekommen, dass Sie Ihren angeblich verstorbenen Mann hier treffen könnten? Es gibt auf der Insel sehr viele Ferienhäuser und andere Unterkünfte. Er wird nicht aufs Geratewohl gerade bei Ihnen geklingelt haben.«

Viktoria Enders presste die Lippen aufeinander. An dieses Detail hatte sie offenbar nicht gedacht. Die Kriminalistin sprach weiter: »Ich werde Ihnen sagen, wie es weiterging. Enders versprach Ihnen das Blaue vom Himmel, ein Leben im Reichtum unter südlicher Sonne. Zu schön, um wahr zu sein. Sie blieben misstrauisch, und das aus gutem Grund. Ihr Ehemann, der von den Toten auferstanden war und wieder zu Ihnen zurückwollte, traf sich wenig später mit seiner jungen Geliebten Kea Beck zum Liebesspiel in den Dünen. Da sahen Sie rot. Vielleicht hatten Sie schon einen Verdacht und sich daher eine Fahrradspeiche als Mordinstrument besorgt. Sie wollten Rache, und die bekamen Sie auch. Erst haute Kea ab, weil ihr Ehemann die beiden ebenfalls entdeckte. Doch Beck war nicht in der Lage, Gewalt anzuwenden – im Gegensatz zu Ihnen. Als er verschwunden war, stürzten Sie sich auf Enders und rammten ihm die Speiche in den Rücken.«

Die Witwe applaudierte ironisch, was Mona höchst befremdlich fand.

»Was soll der Unsinn?«, fragte die Kommissarin. Viktoria Enders hatte nun wieder Oberwasser: »Das haben Sie sich ja schön zurechtgelegt, Frau Sander. Ihre Schilderung des Mordes hat nur einen Schönheitsfehler: Woher hätte ich wissen sollen, wo genau Michael sich mit seinem kleinen Betthäschen trifft? Sie sprachen von Dünen – davon gibt es auf Borkum bekanntlich sehr viele. Und er hat mir garantiert keine Textnachricht geschickt, damit ich genau dorthin komme. Sie können ja seine Handydaten auswerten, wenn Sie mir nicht glauben.«

Mona schämte sich, weil sie sich durch ihre Voreiligkeit blamiert hatte. Enno kam ihr zu Hilfe: »Wir gehen davon aus, dass sich an der Mordwaffe DNA-Spuren des Täters oder der Täterin nachweisen lassen.«

»Umso besser!«, rief die Witwe aus. »Wollen Sie eine Vergleichsprobe von mir nehmen? Einfacher kann ich meine Unschuld doch gar nicht beweisen!«

Kapitel 17

Die Kommissare beendeten den Arbeitstag, indem sie Viktoria Enders zur Wache chauffierten, eine DNA-Probe nahmen und sie wieder zurück zum Ferienhaus brachten. Als Mona am nächsten Morgen die Augen aufschlug, war das Wetter diesig und für einen Augusttag noch recht dunkel – was genau zu ihrer Stimmung passte. Während der üblichen Strandrunde mit ihrer geliebten Dogge ließ die Kriminalistin noch einmal alle bekannten Fakten Revue passieren. Noch stand keineswegs fest, ob es überhaupt einen verwertbaren genetischen Fingerabdruck an der Fahrradspeiche gab. Und ein weiteres Rätsel bereitete ihr nach wie vor Kopfzerbrechen: Warum hatte der Mörder sich die Mühe gemacht, die Leiche bis zum Spülsaum zu schleifen und in das Boot zu wuchten? Diese Handlungsweise ergab nur Sinn, wenn der Verdacht auf Kea Beck, Matthias Althoff oder Lennard Beck gelenkt werden sollte. Viktoria Enders war von Anfang an darauf bedacht gewesen, Kea als verdächtig abzustempeln. Doch wenn sich die Schuld der Witwe nicht durch objektive Fakten beweisen ließ – was blieb dann noch übrig? Rufus spürte offenbar, dass sein Frauchen von ihren Überlegungen gequält wurde. Er drückte seinen Kopf gegen ihre Hüfte und warf ihr einen aufmunternden Blick zu. Sie strich ihm zärtlich über sein dunkles Fell und fühlte sich sofort besser.

Nachdem sie ihren Hund wieder bei seiner »Tagesmutter« Birte Moll abgeliefert hatte, fuhr die Kriminalistin zur Wache. Als sie das Dienstzimmer betrat, schlürfte Enno genüsslich eine Tasse Tee – vermutlich nicht die erste des Morgens.

»Moin, Oltbeck ist mir gerade schon über den Weg gelaufen«, berichtete er. »Er war hocherfreut über das gestrige Verhör mit Kolk.«

»Vermutlich wegen der angenehmen weiblichen Gesellschaft«, scherzte Mona. Der Oberkommissar lachte und erwiderte: »Frau Dr. Beckers Anwesenheit trug sicher dazu bei. – Es ist wohl gelungen, Kolk wichtige Informationen über die Verstrickungen der Anwaltskanzlei Sondermann, Wilke & Enders in Transaktionen des organisierten Verbrechens zu entlocken. Dank unserer guten Vorarbeit können die Kollegen vom Landeskriminalamt jetzt bei den Herrschaften richtig Druck machen.«

»Meinetwegen kann Oltbeck die Lorbeeren dafür gern einheimsen, ich möchte vor allem unseren Mordfall aufklären«, beteuerte die Kommissarin.

»Ich werde jetzt in Oldenburg anrufen«, verkündete ihr Kollege. »Wir sollten die Spezialisten ruhig wissen lassen, dass wir dringend auf Ergebnisse warten.«

Der Oberkommissar nahm zunächst Kontakt mit dem gerichtsmedizinischen Institut auf. Mona konnte über den Lautsprecher alles mithören.

»Ich hätte mich heute bei Ihnen gemeldet«, sagte Dr. Wiechert, der die Obduktion durchgeführt hatte. »Todesursache war massive Gewalteinwirkung durch die angespitzte Fahrradspeiche, die wir an die Kriminaltechnik weitergeleitet haben. Sowohl die Wirbelsäule als auch mehrere innere Organe wurden verletzt, so dass der Tod innerhalb von kurzer Zeit eintrat. Vermutlich verlor das Opfer gleich nach dem Einstich das Bewusstsein.«

»Die Speiche ist also bearbeitet worden?«

»Ja, Herr Moll. Mit einer vorn stumpfen Fahrradspeiche hätte man solche Verletzungen nicht hervorrufen können.«

»Wann ist das Opfer verstorben?«

»Am Abend des 21. August, zwischen 19 und 20 Uhr«, lautete die Antwort. Also deutlich früher als zunächst von Dr. Siemers vermutet! Mona wusste aus Erfahrung, dass es nicht einfach war, den Todeszeitpunkt genau zu bestimmen. Erst die Obduktion des Leichnams machte dies möglich. Dr. Wiechert kündigte an, den schriftlichen Bericht nachzureichen. Enno bedankte sich und beendete das Telefonat.

»Nun wissen wir immerhin, dass sich der Mord bald nach dem Liebesspiel zwischen Kea und Enders ereignet hat«, sagte er zu seiner Kollegin. Sie hatte sich inzwischen ebenfalls mit Tee versorgt und nippte nachdenklich an ihrer Tasse: »Also ist doch Beck der Mörder? Er behauptet zwar, es nicht getan zu haben – und eigentlich traue ich ihm eine solche Tat auch nicht zu. Und vor allem: Warum legt er die Leiche später in das Boot? Wenn er den Mord vertuschen wollte, hätte er den Körper besser in den Dünen verscharrt.«

»Ich gebe dir vollkommen recht«, erwiderte der Oberkommissar, »und deshalb werde ich jetzt mein Glück auch noch im kriminaltechnischen Labor versuchen.«

Die bei Viktoria Enders entnommene DNA-Probe war am nächsten Morgen leider noch nicht abgeglichen worden. Trotzdem hofften die Ermittler natürlich darauf, neue Ergebnisse zu erfahren. Enno wurde mit einem Spezialisten verbunden, der sich als Ralf Lohse vorstellte.

»Ja, ich bin mit dem Fall des bisher unbekannten Toten auf Borkum befasst«, sagte er, »und ich kann Ihnen mitteilen, dass die Fingerabdrücke mit denen von Michael Enders hundertprozentig übereinstimmen.«

Davon waren die Kommissare zwar schon länger ausgegangen, aber nun hatten sie endlich Gewissheit. Der Ostfriese hakte nach: »Wie ist die Spurenlage beim Tatwerkzeug zu beurteilen?«

»Sehr gut, Herr Moll. Ich konnte DNA-Reste einer weiblichen Person sichern. Sobald Sie mir Vergleichsproben Ihrer Verdächtigen liefern, können wir beweisen, wer die Fahrradspeiche berührt hat.«

»Sehr gut, Herr Lohse. Eine Probe ist bereits auf dem Weg zu Ihnen, die weiteren reichen wir nach.«

Nachdem der Oberkommissar sich noch einmal ausdrücklich bedankt hatte, legte er den Telefonhörer auf.

»Also suchen wir keinen Mörder, sondern eine Mörderin«, stellte er fest. »Beck wird heute wegen der Freiheitsberaubung aufs Festland überstellt und dem Haftrichter vorgeführt. Und Althoff mag zwar Enders nicht getötet haben, wird aber wegen seiner Verstrickungen mit dem organisierten Verbrechen vorerst hinter Gittern bleiben. – Übrigens habe ich mir erlaubt, ein Foto des altmodischen Schlüssels über Interpol an die belgischen Kollegen zu schicken. Meiner Meinung nach sollte dieser Schlüssel Enders dazu dienen, sich eine halbe Million Euro unter den Nagel zu reißen – eine Summe, deren Verlust Althoff garantiert nicht angezeigt hätte, weil es sich um Schwarzgeld handelt.«

»Ja, mit dieser Annahme wirst du richtig liegen«, stimmte Mona zu. »Mir ist gerade noch etwas eingefallen.«

Sie griff zu ihrem Smartphone. Enno schaute sie fragend an.

»Das zeige ich dir später«, vertröstete sie ihn. »Du weißt doch, ich liebe Überraschungen.«

»Ich auch – aber nur, wenn sie positiv sind«, erwiderte der Oberkommissar augenzwinkernd. Auf der Fahrt zum Yachthafen sprachen sie weiter über den Fall.

»Viktoria Enders war ja sehr überzeugt davon, dass ihr genetischer Fingerabdruck auf der Speiche nicht nachzuweisen ist«, erinnerte der Oberkommissar. »Theoretisch könnte sie Handschuhe getragen haben – aber das ist immer noch keine Erklärung dafür, dass sie wie aus dem Nichts in den Dünen auftaucht.«

»Ja – weil sie nämlich nicht die Täterin war«, gab Mona zurück, »auch, wenn ich sie lange Zeit dafür gehalten habe.«

Als die Ermittler sich der *Nagpur Lady* näherten, rührte sich an Bord nichts. Erst, als sie das Achterdeck betraten, wurde die Kabinenluke geöffnet.

»Wie geht es meinem Mann?«, fragte Sophie Althoff. »Ich verlange, dass er sofort freigelassen wird.«

Auch Kea war schon aufgestanden. Sie gesellte sich zu ihrer Mutter.

»Wir können Herrn Althoff als Mordverdächtigen ausschließen«, erklärte Enno, »aber wegen anderer Delikte wird er vorerst im Arrest bleiben. – Von Ihnen beiden benötigen wir allerdings DNA-Proben, denn wir gehen inzwischen hundertprozentig von einer Täterin aus.«

»Das ist Wahnsinn!«, regte Kea Beck sich auf. »Ich habe Michael geliebt, ich hätte niemals ...«

Sophie Althoff war sehr blass geworden.

»Die Mühe mit dem Test können Sie sich sparen«, sagte sie mit tonloser Stimme. »Ich komme mit und erzähle Ihnen die ganze Geschichte – aber lassen Sie bitte meine Tochter in Ruhe.«

*

Kea Beck schien nicht glauben zu können, dass ihre Mutter die Mörderin war.

»Aber … wieso …?!«, stammelte sie. Mona sagte: »Wir müssen jetzt erst einmal allein mit Frau Althoff sprechen. Ich sorge dafür, dass sich jemand um Sie kümmert.«

Während Enno die Verdächtige zum Auto führte, wandte die Kommissarin sich an den Stegwart: »Könntest du bitte ein Auge auf die junge Frau an Bord der *Nagpur Lady* haben? Sie hat gerade eine schockierende Nachricht erhalten und sollte jetzt nicht allein sein.«

»Wird gemacht«, lautete die Antwort. »Ich habe gerade Tee gekocht, sie kann mir Gesellschaft leisten.«

Mona durchsuchte Sophie Althoff nach Waffen und gefährlichen Gegenständen und fand eine Flachzange: »Die benötigen Sie für Ihre Skulpturen, nicht wahr?«

Die Verdächtige nickte.

»Ist das die Überraschung, die du mir bereiten wolltest?«, fragte Enno.

»Ja, ich habe eben gerade noch eine kurze Internet-Recherche gemacht – und festgestellt, dass Frau Althoff nicht nur malt, sondern auch Figuren aus Metallresten kreiert, die sogar in Galerien ausgestellt werden.«

»Das ist mir wohl zum Verhängnis geworden«, sagte Sophie Althoff mit einem süßsauren Lächeln auf den Lippen. Darauf erwiderte niemand etwas. Nachdem sie die Wache erreicht hatten und in den Verhörraum gegangen waren, belehrte Enno die Verdächtige über ihre Rechte. Sie verzichtete ausdrücklich auf einen Anwalt: »Ich will jetzt nicht länger warten, sondern mir alles von der Seele reden.«

»Wie Sie wünschen. – Womit begannen die Ereignisse, die letztlich zu Enders' Tod geführt haben?«, wollte Mona wissen.

»Wahrscheinlich mit seinem vorgetäuschten Herzinfarkt im vorigen Jahr. Wir glaubten damals wirklich, dass er verstorben wäre. Kea ging es richtig schlecht. Da wurde mir bewusst, dass Enders mehr für sie gewesen ist als ein Anwalt in einer Kanzlei, wo sie zufällig ein Praktikum machte. Ich sorgte mich natürlich um sie, wie es eine Mutter tun sollte. Und ich fand heraus, dass sie ihrem Mann etwas verheimlichte.«

»Bekam Ihr Schwiegersohn auch etwas davon mit?«

»Wahrscheinlich schon, Frau Sander. Lennard versuchte, sich nichts anmerken zu lassen. Das mag bei meinem Mann funktioniert haben, Matthias interessiert sich sowieso nur für seine Geschäfte. Und Kea lebt in ihrer eigenen Welt. Sie nutzte jede Gelegenheit, um heimlich zu telefonieren. Mir kam der Verdacht, dass Enders noch leben könnte. Also behielt ich meinerseits Kea im Auge.«

»Auch an dem Tag, als sie einen Bootsausflug machen wollte?«, fragte Enno. Die Verdächtige nickte: »Ja, das kam mir höchst merkwürdig vor. Mein Kind ist nämlich eigentlich überhaupt nicht sportlich. Also dachte ich mir, dass mehr dahinterstecken müsste. Auf dem Wasser konnte ich sie natürlich nicht verfolgen. Aber Lennard schien ebenfalls misstrauisch geworden zu sein, jedenfalls machte er sich auf den Weg. Und er merkte nicht, dass ich ihm folgte.«

»Wo kommt die Fahrradspeiche ins Spiel?«, wollte die Kommissarin wissen.

»Ich kreiere Skulpturen aus Schrottteilen, das haben Sie ja schon herausgefunden«, erklärte die Mörderin. » Die Speiche sollte Teil eines metallenen Kunstwerks werden, an dem ich gerade arbeite. Deshalb hatte ich sie auch spitz gefeilt – ich wollte sie ursprünglich in einen Sockel aus Hartgummi stecken. Glauben Sie an Zufälle? Ich nicht. Das Schicksal wollte, dass ich mit dieser Speiche Enders' Leben auslösche, da bin ich mir hundertprozentig sicher. – Und Lennard war so auf Kea und ihren Liebhaber fixiert, dass er mich überhaupt nicht bemerkte.«

»Aus welchem Grund hatten Sie die Fahrradspeiche überhaupt bei sich?«

»Ich habe mir angewöhnt, passende Gegenstände für meine kreative Arbeit zu sammeln, Frau Sander. Einige davon hatte ich in einer Umhängetasche bei mir – auch den, der dann zur tödlichen Waffe wurde.«

»Warum genau haben Sie Enders umgebracht?«, fragte Mona direkt. »Der Ehebruch Ihrer Tochter mag unmoralisch sein, aber deshalb ein Menschenleben auszulöschen – Sie hätten Enders auch einfach davonjagen können.«

»Sie vergessen die Geschäftsbeziehung zwischen ihm und meinem Mann, Frau Sander! Enders war zu allem fähig, er hätte uns schaden können – auch finanziell. Er kannte alle Geheimnisse, die mit den Geschäften meines Mannes zusammenhingen. Es gab nur eine Möglichkeit, ihn zum Schweigen zu bringen. Er musste sterben, und zwar diesmal tatsächlich.«

»Sie töteten also Enders, nachdem Kea geflohen war und auch Beck sich wieder abgesetzt hatte«, fasste der Oberkommissar zusammen. »Das war aus Ihrer Sicht der einzige Ausweg. Aber warum haben Sie die Leiche ins Boot gelegt, wodurch wir zwangsläufig die Verbindung zwischen der *Nagpur Lady* und Enders herstellen konnten?«

Sophie Althoff antwortete: »Ja, das ist unglücklich gelaufen. Ich kehrte nachts in die Dünen zurück, weil ich den Toten in die Nordsee werfen wollte. Dafür hätte ich mit dem Boot hinausfahren müssen. Ich wusste, dass es rund um Borkum starke Strömungen gibt. Er sollte nie gefunden werden, verstehen Sie? Es gelang mir auch, Enders unbemerkt ins Boot zu schaffen. Und dann musste ich feststellen, dass jemand die Riemen geklaut hatte! Das Beiboot hat keinen Außenborder, wie hätte ich es aufs offene Meer bringen sollen? Zu allem Überfluss kam noch eine Gruppe von Nachtjoggern auf das Boot zugelaufen. Ich rannte weg, bevor sie mich bemerkten. Danach erschien es mir zu riskant, die Leiche zurück in die Dünen zu schleifen. Außerdem hatte ich mir bei der Aktion den Rücken gezerrt.«

»Sie scheinen über die Geschäfte Ihres Mannes gut informiert zu sein«, meinte Enno. »Können Sie uns mitteilen, was es mit diesem altmodischen Schlüssel auf sich hat?«

Er zeigte ihr den Gegenstand, der noch nicht zur kriminaltechnischen Untersuchung eingeschickt worden war. Die Mörderin zögerte.

»Wir finden es sowieso heraus«, behauptete Mona. »Und Enders hat sich brennend für den Schlüssel interessiert. – Ihr Mann war doch böse auf Kea, weil sie seinen Sekretär durchsucht hat? Das tat sie im Auftrag von Enders, der unbedingt diesen Schlüssel haben wollte.«

Es war, als ob die Kommissarin der Mörderin nachträglich ein Motiv für ihre Tat geliefert hätte: »Begreifen Sie nun, wie gefährlich dieser Mann war? – Also, der Schlüssel gehört zu einem Schließfach bei einer altehrwürdigen Privatbank in Antwerpen. Ich kann Ihnen nicht genau sagen, was sich darin befindet. Matthias ist bei solchen Dingen sehr diskret. Aber wenn der Schlüssel in Enders' Hände gefallen wäre, hätte das für meine Familie böse ausgehen können.«

»Haben Sie auch die Champagnerflasche und die Kleider des Opfers beseitigt?«

»Natürlich, Frau Sander. Ich wollte doch möglichst keine Spuren hinterlassen.«

Für den Moment hatten die Ermittler keine weiteren Fragen. Enno brachte die Mörderin zur erkennungsdienstlichen Behandlung durch Grietje. Als er zurückkam, sagte er: »Da hat uns doch ausnahmsweise eine Straftat dabei geholfen, eine andere aufzuklären.«

»Du meinst, weil jemand die Ruder geklaut hat?«

»Richtig, Mona. Wenn Sophie den Toten wirklich in die Nordsee geworfen hätte, wäre diese Nuss für uns noch viel härter zu knacken gewesen.«

»Mir hat es auch so schon gereicht«, sagte die Kommissarin. Und dann brachen die beiden in ein befreiendes Lachen aus.

ENDE

Ostfrieslandkrimi-Empfehlungen des Klarant Verlages

Lernen Sie die Ostfrieslandkrimi-Serie **»Mona Sander und Enno Moll ermitteln«** von **Sina Jorritsma** kennen:

Friesische Inselidylle? Von wegen! Auf der ostfriesischen Insel Borkum lösen Kommissarin Mona Sander und ihr Kollege Enno Moll knifflige Mordfälle. Die emotionale Kommissarin geht bei der Verbrecherjagd gerne ihren eigenen Weg und scheut dabei kein Risiko … Bei der Krimireihe der Autorin Sina Jorritsma ist Hochspannung garantiert!

In der Serie sind bereits folgende Ostfrieslandkrimis erschienen:

»Friesenbraut«, Band 1
Taschenbuch-ISBN: 978-3-95573-557-9
eBook-ISBN: 978-3-95573-556-2

Auf der ostfriesischen Insel Borkum verschwindet eine Braut kurz vor der Eheschließung. Zunächst glauben die Kommissare Mona Sander und Enno Moll noch an einen dummen Streich. Aber wenig später wird das blutverschmierte Brautkleid gefunden. Ist die dunkelhaarige Schönheit einem Gewaltverbrechen zum Opfer gefallen? Die Inselkommissare finden Indizien, die aber nicht zusammenpassen. Hat der undurchsichtige Exfreund der Braut seine Hände im Spiel? Wer war an den geheimen Sex-Spielen im Ferienhaus beteiligt? Und welches Interesse verfolgt der machtbesessene zukünftige Schwiegervater? Dann findet die Polizei eine Leiche – und muss feststellen, dass die Dinge ganz anders sind, als sie auf den ersten Blick scheinen. Die Mörderjagd versetzt nicht nur die friedliche Nordseeinsel in Aufruhr, sondern wird auch zur persönlichen Herausforderung für Mona Sander. Sie wird selbst zur Zielscheibe des Mörders …

»Friesenkreuz«, Band 2
Taschenbuch-ISBN: 978-3-95573-552-4
eBook-ISBN: 978-3-95573-600-2

»Friesenlauf«, Band 3
Taschenbuch-ISBN: 978-3-95573-553-1
eBook-ISBN: 978-3-95573-618-7

»Friesenflirt«, Band 4
Taschenbuch-ISBN: 978-3-95573-542-5
eBook-ISBN: 978-3-95573-541-8

»Friesenwahn«, Band 5
Taschenbuch-ISBN: 978-3-95573-622-4
eBook-ISBN: 978-3-95573-623-1

»Friesenstalker«, Band 6
Taschenbuch-ISBN: 978-3-95573-688-0
eBook-ISBN: 978-3-95573-701-6

»Friesenjuwel«, Band 7
Taschenbuch-ISBN: 978-3-95573-764-1
eBook-ISBN: 978-3-95573-765-8

»Friesenwrack«, Band 8
Taschenbuch-ISBN: 978-3-95573-796-2
eBook-ISBN: 978-3-95573-797-9

»Friesenbarbier«, Band 9
Taschenbuch-ISBN: 978-3-95573-833-4
eBook-ISBN: 978-3-95573-832-7

»Friesenstrand«, Band 10
Taschenbuch-ISBN: 978-3-95573-875-4
eBook-ISBN: 978-3-95573-876-1

»Friesenlist«, Band 11
Taschenbuch-ISBN: 978-3-95573-934-8
eBook-ISBN: 978-3-95573-935-5

»Friesenblues«, Band 12
Taschenbuch-ISBN: 978-3-95573-954-6
eBook-ISBN: 978-3-95573-955-3

»Friesenanker«, Band 13
Taschenbuch-ISBN: 978-3-96586-009-4
eBook-ISBN: 978-3-96586-010-0

»Friesenkoch«, Band 14
Taschenbuch-ISBN: 978-3-96586-105-3
eBook-ISBN: 978-3-96586-106-0

»Friesenwürger«, Band 15
Taschenbuch-ISBN: 978-3-96586-146-6
eBook-ISBN: 978-3-96586-145-9

»Friesentango«, Band 16
Taschenbuch-ISBN: 978-3-96586-164-0
eBook-ISBN: 978-3-96586-172-5

»Friesenbrauer«, Band 17
Taschenbuch-ISBN: 978-3-96586-201-2
eBook-ISBN: 978-3-96586-202-9

»Friesendiebin«, Band 18
Taschenbuch-ISBN: 978-3-96586-276-0
eBook-ISBN: 978-3-96586-277-7

»Friesenpoker«, Band 19
Taschenbuch-ISBN: 978-3-96586-321-7
eBook-ISBN: 978-3-96586-322-4

»Friesenleiche«, Band 20
Taschenbuch-ISBN: 978-3-96586-355-2
eBook-ISBN: 978-3-96586-356-9

»Friesentrick«, Band 21
Taschenbuch-ISBN: 978-3-96586-408-5
eBook-ISBN: 978-3-96586-409-2

»Friesenschatz«, Band 22
Taschenbuch-ISBN: 978-3-96586-450-4
eBook-ISBN: 978-3-96586-451-1

»Friesenmagier«, Band 23
Taschenbuch-ISBN: 978-3-96586-485-6
eBook-ISBN: 978-3-96586-486-3

»Friesenruine«, Band 24
Taschenbuch-ISBN: 978-3-96586-513-6
eBook-ISBN: 978-3-96586-514-3

»Friesenraub«, Band 25
Taschenbuch-ISBN: 978-3-96586-549-5
eBook-ISBN: 978-3-96586-550-1

»Friesenrichter«, Band 26
Taschenbuch-ISBN: 978-3-96586-560-0
eBook-ISBN: 978-3-96586-561-7

»Friesenhummer«, Band 27
Taschenbuch-ISBN: 978-3-96586-614-0
eBook-ISBN: 978-3-96586-615-7

»Friesenkugel«, Band 28
Taschenbuch-ISBN: 978-3-96586-627-0
eBook-ISBN: 978-3-96586-628-7

»Friesendolch«, Band 29
Taschenbuch-ISBN: 978-3-96586-649-2
eBook-ISBN: 978-3-96586-650-8

»Friesengeiz«, Band 30
Taschenbuch-ISBN: 978-3-96586-667-6
eBook-ISBN: 978-3-96586-668-3

»Friesendiva«, Band 31
Taschenbuch-ISBN: 978-3-96586-689-8
eBook-ISBN: 978-3-96586-690-4

»Friesenteich«, Band 32
Taschenbuch-ISBN: 978-3-96586-700-0
eBook-ISBN: 978-3-96586-701-7

»Friesensilber«, Band 33
Taschenbuch-ISBN: 978-3-96586-707-9
eBook-ISBN: 978-3-96586-708-6

»Friesenfisch«, Band 34
Taschenbuch-ISBN: 978-3-96586-742-0
eBook-ISBN: 978-3-96586-743-7

»Friesenduell«, Band 35
Taschenbuch-ISBN: 978-3-96586-764-2
eBook-ISBN: 978-3-96586-765-9

»Friesenwürfel«, Band 36
Taschenbuch-ISBN: 978-3-96586-795-6
eBook-ISBN: 978-3-96586-796-3

»Friesenradio«, Band 37
Taschenbuch-ISBN: 978-3-96586-831-1
eBook-ISBN: 978-3-96586-832-8

»Friesenartist«, Band 38
Taschenbuch-ISBN: 978-3-96586-847-2
eBook-ISBN: 978-3-96586-848-9

»Friesenpolizistin«, Band 39
Taschenbuch-ISBN: 978-3-96586-853-3
eBook-ISBN: 978-3-96586-854-0

»Friesenspur«, Band 40
Taschenbuch-ISBN: 978-3-96586-879-3
eBook-ISBN: 978-3-96586-880-9

»Friesenboot«, Band 41
Taschenbuch-ISBN: 978-3-96586-871-7
eBook-ISBN: 978-3-96586-872-4

Klarant Verlag

Lernen Sie die Ostfrieslandkrimi-Titel des Klarant Verlages kennen und besuchen Sie uns im Internet unter:

www.ostfrieslandkrimi.de

und

www.klarant.de

Sie können dort Näheres über unsere Autorinnen und Autoren erfahren, viele weitere interessante Bücher und eBooks finden und Leseproben herunterladen. Mit dem kostenlosen Newsletter auf

www.ostfrieslandkrimi-lesen.de

erhalten Sie aktuelle Informationen rund um das Verlagsprogramm, wie beispielsweise spannende Neuerscheinungen und Gewinnspiele.